U0883861

# 你也可以活成想要的幸福模样

UP子木 著

广州新华出版发行集团
广州出版社

图书在版编目（CIP）数据

你也可以活成想要的幸福模样 / UP子木著. —广州：广州出版社，2023.7
（2023.10重印）
ISBN 978-7-5462-3611-7

I. ① 你… II. ① U… III. ① 随笔–作品集–中国–当代 IV. ① I267.1

中国版本图书馆CIP数据核字（2023）第098804号

书　　名　你也可以活成想要的幸福模样
　　　　　Ni Ye Keyi Huocheng Xiangyao De Xingfu Muyang
出版发行　广州出版社
　　　　　（地址：广州市天河区天润路87号9楼、10楼　邮政编码：510635
　　　　　网址：www.gzcbs.com.cn）
策划编辑　李良婷
责任编辑　霍婉兰
责任校对　窦兵兵
封面设计　Yang
内文版式　金　刚
印　　刷　广州市快美印务有限公司
　　　　　（地址：广州市白云区广从五路410号　邮政编码：510545）
规　　格　880 毫米 × 1230毫米　1/32
字　　数　147千
印　　张　8.75
版　　次　2023年7月第1版
印　　次　2023年10月第3次
书　　号　ISBN 978-7-5462-3611-7
定　　价　58.00 元

发行专线：（020）38903520　38903521
如发现印装质量问题，影响阅读，请与承印厂联系调换。

# 换一种人生新算法，找一种人生新活法

你好，我的读者，见字如面。

我在想，你为何会打开这本书？是被书名吸引，还是带着自己对生活的疑问，想在此找到答案？不管为何，茫茫人海，我们相遇了，以文字的方式。

我一直相信，在这个世上，即使看似很偶然很巧合的相遇，都暗自契合着一种特别的寓意。因此当你打开这本书时，某种特别的寓意也呈现了。看完这本书，我相信你一定能找到这次相遇所能带给你的专属寓意。

在过去的七年里，我曾帮助过几十万名女性成长。在与她们接触的过程中，迷茫、焦虑、疲惫、不被理解、缺少价值感、行动拖延、提不起干劲、无力、不知如何选择，等等，是出现在她们向我描述的故事当中的高频词语。

她们的故事总是让我一次次想起七年前的自己，仿佛是过去的我在与现在的我上演“错位时空”。我告诉她们，我懂她们所说的，因为曾经的我就是如此——使出全部的力气，为了自己想要的一切，努力地打拼，到头来却发现自己如同陷入泥沼之中，越用力，越无力。

在30岁那年，我糟糕的财务状况逼迫我不得不做出一个重要的决定：既然我在现有的轨道上已努力了八年，人生却无太大起色，那也许我过往所有的努力都是错的。或者说，至少那些努力不足以让我过上理想的生活、摆脱生活的窘境，那么我何不用一年的时间，放下过往所相信的观点，去践行另一种人生观，看看会不会有新的收获。

现在回头看，这个决定是我成年之后的一道巨大的分水岭，它将我的成年生活分成了两个阶段：**从“越成功才能越快乐”的人生算法切换到“越快乐才能越成功”的人生新算法。**

于是我开始在新的生命阶段实现自己一直想要实现的人生状态。只是当我以结婚生子的女性角色，分享这些年我利用下班后的时间看了几百本书籍、做了400多场线上线下分享会的成长经历时，我经常被问到的问题是：“你做了这么多事情，一定很辛苦很累吧！你是怎么坚持下来的呢？”

当我以职场妈妈的角色，不断在工作、事业上进步，完成新的挑战获得新的成绩时，我经常被问到的问题是：“你是怎么平衡事业和家庭的呢？要平衡两者，一定很辛苦吧！”

当我作为瑜伽练习者，在完成了种类繁多的工作之后，坚持三年雷打不动每周练习瑜伽时，我经常被问到的问题是：“你是怎么做到这么自律又努力的呢？”

在职场上，在生活中，我听到形容“妈妈”这个角色最高频次的一个词语，居然是“辛苦”。

在大多数人的眼中，似乎一个人只有很用力地辛苦着才能得到自己想要的一切。可是，当我在自我成长、事业发展、家庭经营这些场景里面自如切换角色的时候，我丝毫没有辛苦的感受；相反，更多的是快乐。因为我在其中，太快乐了，太开心了，太享受了，所以根本就是想停都停不下来呀。

这个世界上有不同的人生算法和活法：用力地辛苦着，付出一切、牺牲一切，然后以此来追逐自己想要的，这是一种活法。但如果我们可以把辛苦变成快乐，把努力变成享受，这也是另一种活法。30岁后的我，换到了后面这种新算法，所以过上了现在这种新生活。

看到这里，也许很多人会摇摇头说，这不是心灵鸡汤吗？没有辛苦的付出，怎么有资格、条件来享受快乐？很多人以为成年人的快乐是需要强大的物质来支撑的，其实不是的。成年人的快乐是需要强大的智慧来支撑的，而不是依靠外在的物质刺激感官而带来的短暂的多巴胺分泌支撑。

成年人的快乐，是他的身体与心灵和谐统一时所带来的深层次的大快乐，是他的自我与他人关系和谐所带来的随心所欲、不逾矩的大自在，是他的自我价值与这个世界相融时所带来的不枉此生的大满足，是他透过自己见世界的大逍遥。

我一直坚信，找到自己的快乐，很重要。我们很多时候都以为“只有成功才能获得快乐”，但是在这本书中，我将向你展示另一种新可能——找到属于你的快乐，你就能获得属于你的成功。

这些年来，在找我咨询的学员中，我发现大多数人都有一个相同的特征，那就是生活、事业呈现出一种很相似的状态——“乱”。不可否认，他们是很努力的一群人，有时候为了实现自己的目标，甚至比一般人更努力，但是越努力，越不得要领，越与自己想要的生活背道而驰，陷入一种“乱如麻”的困境。她们来找我的时候，最想咨询的问题往往是：“我该如何做好时间和精力的管理？”她们以为“乱”的原因是因为“忙”。但是在我看来，“乱”的原因是因为“错”：找错了方向，使错了力气。所以越做越错，越错越乱，越乱也就越忙。

为了帮助她们走出这种“乱”的困境，我向她们提出的第一个问题往往是：“你做什么事情时，会感觉到开心快乐，甚至会进入忘我、忘记时间的心流状态？”这是一个非常简单的问题，但是对于整天疲于奔命的成年人来说，这个问题却常常让她们陷入深思，找不到答案。而恰恰是因为这个找不到答案的问题，可能会致使大家找不到人生的方向。因为你一旦找到了这个问题的答案，就可以顺着这条线索，一点点探寻，最终发现人生中最重要的那件事。从此，你如同有了“定海神针”，不再被外在标准牵着走，在外在世界繁杂的选择之中，可以快乐做自己，并且挖掘自身价值，源源不断地创造外在价值。

这就是为什么我一直说，成年人真正的快乐是需要强大的智慧来支撑的。因为快乐是一个成年人明白“自己是谁、自己的优势是什么，这一辈子能够做什么、做成什么”之后的乐天知命。成年人的快乐，它回答了“我是谁、我从哪里来、将到哪里去”这个几千年来的哲思问题。

在过去几年的时间里，我用书中所写的这些方法帮助自己从一个“无时无刻不在紧张用力”的“穷忙族”困境中走了出来，创造了一个“快乐工作、自在生活”的内外皆丰盛的生活现状。不但如此，我还把其中的心得和方法分享给了数以万计的学员，使她们获益，过上了理想的生活。

今天，我再把这些心法和心得整理给你——我亲爱的读者，我希望你知道，这个世界上除了“越成功越快乐”的人生算法之外，还存在着“越快乐越成功”的人生新算法。希望你也能在这种新算法中，拥有一种新活法。

祝你在这种新的活法中，玩得开心，活得尽兴！

UP子木

写于长沙

目录 | CONTENTS

## PART 1
## 追求自己想要的东西



## PART 2
## 如何活出自己的高魅力值

## PART 3

## 用天赋创造财富



## PART 4

## 结婚与否，你都可以让自己开心

# PART 5

## 做一个快乐且坚毅的职场妈妈

善用异想天开的力量

在生活的绝境里，如何让自己的状态好起来

不成功，就不配获得幸福？

快乐感，才是成事的确认键

迷茫时，以树为师

# PART 1

# 追求自己想要的东西

做自己的救世主，冲进困境拿“礼物”

把未知当作向上的盾牌

不做赢家，做玩家

# 善用异想天开的力量

你有没有很多梦想，很想实现，却找不到实现的路径？

你有没有很渴望的生活，想要达到，却不知从何下手？

那不妨用一下异想天开的力量。

我是一个很善于用异想天开实现梦想的人。

大学毕业的时候，我的一位老师告诉我：“你是一个异想天开的人。”我明白，当一个人想法离奇而又不切实际的时候，用“异想天开”这个词来形容，确实再贴切不过了。这位老师看了我几眼之后，又加了一句：“也许有一天，天真的开了呢。谁知道呢？”

就是，也许天真的就开了，谁知道呢。

异想天开的毛病，我从小就有。小时候看电视里的主持人，我觉得他们风光无限，就指着屏幕跟家里人说，我也要当主持人。家里人觉得我异想天开——这也不怪他们。我的家乡是一个很小的县城，那里几乎没有人会说普通话，就连上课的老师说的也常常是夹杂着各种方言的“塑料普通话”。操着这样的口音，我想当主持确实有点异想天开。

对于小县城的孩子来说，想实现这样的愿望，唯一的途径就是努力读书。内心蠢蠢欲动的种子，让我决定报考有主持人专业的大学。父亲拿不定主意，就去找家族里一位见过世面的亲戚咨询。这位亲戚眼见过外面世界竞争的残酷，认为我既无出众的外貌，又无标准的主持人说话腔（当时我普通话还不标准），更拼不赢家底，所以他头摇得像拨浪鼓一般：你这样参加艺术类高考风险太大了，播音主持类专业学校每年在一个省只有几个招生名额，几十万的考生竞争，你拿什么去跟大城市的考生去比。就算退一万步，你考上了，艺术学院的学费太贵，也不是你一个普通家庭能够承担得起的。

见亲戚说得句句在理，父亲也觉得这是一件不可能的事。但那时的我，对外面的世界一无所知，正所谓“无知者无畏”，这份没有顾虑的果敢给了我很多异想天开的勇气。于是，高三上学期，当同学都在教室、寝室里争分夺秒地学习时，我背着行囊，搭上大巴车，去了湖南的省会长沙市，后又辗转各个城市参加不同的艺术面试。

## 往前走，总会遇见原地所不能看见的风景

那时候家里贫困，为了不增加父母的负担，我在陌生的城市住着最简陋的宾馆房间——那些用破旧的木头搭建好的昏暗阁楼。我能清晰地听见阁楼外任何过往的声音。

就这样，我晚上睡简陋的宾馆，白天参加不同学校的艺术面试。当时我报考了很多学校的播音主持专业，但都在第一轮面试就被刷掉了。正如我那位见过世面的亲戚所说，在几十万的艺考大军中，我报考播音主持专业毫无优势，被刷下来不是意外，是必然。好几次站在考试的榜单前四处找寻自己的名字而找不到时，我心里都会想：大人们说的都是对的，我就不该来这里，我就应该跟我的同学一样，坐在教室里面刷题，一心一意地准备高考。

泰戈尔说："我的心，不要扬起你的尘土，让世界自己寻路向你走来。"很多年之后，我才知道，有的时候，我们主动寻找一条路求而不得的时候，这个世界还给我们提供了另一种运行的方式，那就是让道路主动向你走来。

当我报考的所有播音主持专业面试统统被刷下来的时候，一位老师给了我一个建议。当时我参加这位老师开设的播音主持培训班，他跟我的那位亲戚一样，一眼就看出

了我在这一领域毫无优势，于是建议我可以再去考一个广播电视编导专业，因为这个专业对考生的外貌和普通话没有那么看重，更看重的是考生的自我表达力和是否有独特的个人观点。这位老师觉得我在这一方面比较有优势。为了安慰我，他举了一个例子："曾有一个主持人在学校里面学的也是广播电视编导专业，现在不也成了全国知名的主持人！只要进了电视台，想当主持人总是有机会的。"

我想这个"曲线救国"的主意不错，反正我都来了，多考一个专业增加胜算也是不错的选择。于是我听从他的建议，立刻行动，报考了几所广播电视编导专业实力很强的大学。

参加考试的顺利程度超乎我的想象，还在我稀里糊涂的时候，老师告诉我，我不但通过了人称"北有北广，南有浙广"的浙江传媒学院的专业考试，并且专业成绩名列全省前茅。我愣住了，这个原本不在我计划之中的决定，反而给了我最大的惊喜。

虽然想要成为一名主持人是我当时的异想天开，但是这份异想天开起码给了我迈开步伐大步往前走的勇气。一个人，只要上了路，总会在路上遇见你在原地所不能遇见的人和事情。他们的一些只言片语给了你新的指引，你义无反顾地带着这些指引朝着新的方向奔去，不再回头。

专业考试顺利通过，我还没来得及松一口气，更严峻的考验接踵而来：我要考的这个专业所在的大学在湖南历年提档的分数线是500分。这个分数线在当年跟考一个普通的第二批录取的大学本科的要求差不多。当我结束完外面的艺考，重回学校时，已是高三的下学期，跟同班同学相比，我整整缺席了一个学期的课程。我参加第一次高考模拟考试，成绩只有200多分。看到成绩单的那刻，我傻眼了——如果要拿到心仪大学的录取通知书，意味着我需要在短短半学期的时间，将分数提高300分，这简直是天方夜谭啊！

但当时的我来不及多想，因为已经没有时间了，也没有别的选择。摆在我面前的只有一条路，就是在不到5个月的时间，拼尽全力，将自己的考分提高到500分。

## 别无旁骛的心，蕴含创造一切的巨大能量

美国作家茱莉亚·卡麦隆在《创作，是心灵疗愈的旅程》这本书中写道："在你全心投入自己的当下，天意会同时启动。本来不可能发生的事情都会出现来帮助你，那个决定衍生出来的一连串事件，事事都对你有利，还有想

都想不到的机缘和物质协助也都会出现。”

就在我下定决心好好学习的时候，偶得了一本开发大脑潜能的书，书里介绍了一个帮助人们“心想事成”的方法。看到这个方法之后，我如获至宝。于是除了天天认真学习冲刺高考之外，我还每天练习这个“心想事成”的方法。方法其实很简单，就是利用每天两段潜意识最强的时间段：早上醒来后的五分钟以及晚上睡觉前的五分钟，在脑海中不断地想象自己梦想实现之后的场景，画面越详细越好。最重要的是，你要相信这一切都是真的，你需要让自己的大脑真切地感受到梦想实现之后所有的兴奋、开心、快乐等各种情绪，这样梦想就可以加速实现。用更直白的话来形容就是——异想天开地造梦。

我对这个方法深信不疑，立刻行动了起来：每天早上在集体宿舍的床上醒来的第一件事，就是异想天开地造梦。我躺在床上，闭着眼睛，在脑海中不断地想象梦想成真的画面：我的左手拿着我的高考成绩单，成绩单上用红色的笔醒目地写着“500”这个分数，右手拿着浙江传媒学院的录取通知书，甚至连通知书上写了哪些内容我都在脑海里面想象得一清二楚。我还想象有好多亲戚朋友把我团团围住，每个人都开心地跟我说着“恭喜恭喜”，绚烂的烟花在我背后的上空绽放。我甚至都已经想好了站在人群之中我要说的答谢词。那个时候宿舍里面的人路过我的床边时，会经常看到我躺在床上闭着眼睛却一脸傻笑的模样，她们不知道我正在异想天开、白日做梦。到了晚上睡觉前，我又用相同的方法在大脑中再次异想天开。

就这样，在教室、寝室、家里，甚至在去学校食堂打饭的路上，白天的分分秒秒，我都在认真踏实地复习学过的知识点；在床上醒来和睡前的五分钟时间，我就异想天开在脑海中造梦——我要考500分，拿到心仪大学的录取通知书。

500分，对于我们那个县城的普通高考生来说，并不是唾手可得的分数。我所在的中学，能够考上本科大学的考生每年是二十多个人。就连我们班全力冲刺高考的学生，500分也是他们梦寐以求的分数。更何况我整个高三上学期都在外面奔波和面试。

就如了解我的那位老师说的那样："你是一个异想天开的人。""也许有一天，天真的开了呢。谁知道呢？"天，真的开了！高考结束后我去查询成绩，当听到电话那头传来的分数时，我惊呆了——我的高考成绩，500分！跟自己异想天开的分数，一分不多一分不少。后来我最终收到了日思夜想的浙江传媒学院的录取通知书！而当年浙江传媒学院的广播电视编导本科专业在湖南几万名专业考生中，最终只录取了四个人。我，幸运地成为其中之一。

听过这个故事的朋友曾经问我，真的只要异想天开地做白日梦，就可以梦想成真了吗？如果这么简单，那为什么这么多人没有心想事成？为什么那么多人的异想天开最后真的只成了白日做梦？

这个问题，我问过自己。为什么？答案在于：很多人在长大之后，就不再是孩子了。只有孩子，才会对异想天开信以为真。只有孩子才会异想天开地造梦，心无旁骛地追梦。

毕加索说，他花了一生的时间，才学会了像个孩子一样画画。如果你仔细看过孩子画画，你会知道，孩子画画的笔触和颜色，百无禁忌、异想天开，没有框架、没有束缚，不可捉摸，所有的想法自然又肆意地付诸笔端，充满了饱满的爆炸的力量，仿佛世界上的规矩、禁锢、秩序都无法束缚他。

成熟的技法，可以通过学习和训练而得。可是，一颗异想天开又心无旁骛的心，唯有纯粹如孩童般的人，才可得。

当一个人明白自己的心意、心无旁骛地跟随自己的心意逐梦时，这个举动本身就蕴含着可以克服一切困难、创造一切可能性的巨大能量。很多年之后，我才读懂了小时候就烂熟于心的《桃花源记》——“遂迷，不复得路”。

渔人误打误撞中寻得桃花源，大喜，原路返回，做记号，再带人来寻桃花源，可是明明做了记号，却再也找不到那条路了。可是为什么会迷路？他明明做了那么多记号。

美学大师蒋勋老师在谈到《桃花源记》这段文字的时候，他说，当心机来了的时候，有一种更大的能量反而就消失不见了。当渔人想要得到赏金，带着人再次来寻找桃花源记时，桃花源便再也找不到了。

那些在长大的过程中，学会心机算计，开始计较得失，患得患失，不再异想天开地造梦和心无旁骛地追梦的人，个人身体中潜藏的巨大能量也随之消失不见了。而那些在长大之后依然保有孩童之心，异想天开地造梦、心无旁骛地追梦的人，就这样闯进了自己的梦想天国！

因此，圣经里说：“如果你们不成为小孩子的模样，断然进不了天国。”

# 在生活的绝境里，如何让自己的状态好起来

这几年，每每我分享自己的成长经历，常常会收到两类反馈，一种是“UP子木，我好羡慕你现在的状态呀”，另一种是“我感觉现在的自己就是几年前的你”。

现在的我是什么样的？现在的我过着自己喜欢的生活：白天八小时之内是电视台的一名导演，从事着自己感兴趣的工作；八小时之外利用自己的天赋，做着对很多女性的成长有帮助的事业。工作日时我高效工作；周末时，我常飞到不同的城市上课学习、演讲分享、参加活动，与优秀的朋友交流，或者看艺术展、旅行，等等，按照自己的节奏过着喜欢的生活。然后我还超级幸运地拥有无比支持我的老公以及聪明伶俐的孩子，老公对我说：“每个人都有自己所擅长的事情，你就做你自己擅长的事情就好了，家里的事有我。”孩子对我说：“妈妈，我要像你一样，可以拿好多奖杯回来。”现在的我，无论是在家里还是工作上，内在还是外在，都被深深的爱滋养着。很多朋

友告诉我："你的眼睛里面长着太阳。"

可是，几年前的我并不是现在这副模样，那时的我眼里没有太阳的光芒，有的只是因为穷忙、迷茫带来的黯然失色。那时的我正在经历一段人生中的"至暗时刻"——

大宝的出生，让家庭开支剧增，关键时刻我先生还突然失业在家，算上两位老人，家里五口人的开支都必须靠我一个人的工资来支撑，生活一下子变得捉襟见肘。那几年家里的状况，常常是我的工资刚拿到还没焐热，就不得不用来应付各种支出账单，然后靠着所剩无几的一点生活费勉强度日，接着又开始继续眼巴巴地盼着下个月的工资早早下来。我记得，孩子刚出生的那年冬天，有一天家里的尿不湿用光了，可是我所有的银行账户储蓄加起来，居然连买包尿不湿的钱都凑不齐，我先生身上也没有钱，我急得在家里直哭。

这件事情最后我是怎么解决的呢？

我说出来可能很多人都无法相信。那天是我们大学校友年底聚餐的日子，照顾完孩子之后，我来不及打扮，穿上一件旧衣服就匆忙地乘坐公交车出门参加校友聚会。聚会结束后，一个学妹递给我一个红包，说："师姐，这是我给你孩子的一点小心意，你收下。"我边道谢边接过红包，第一个念头是终于有钱可以给孩子买尿不湿，不让孩子冻着了。

我从来没有想到过自己有一天会变成这样——居然连给孩子买尿不湿的钱都掏不出来。看着嗷嗷待哺的孩子，再看一眼失业在家无所事事的老公，我心中的怒火压都压不住。于是那一两年，两天一小吵、三天一大吵就成了我和老公的家常便饭。一开始我们还能顾及体面，尽量不当着家里老人的面争吵。后来，日子过得实在是太心酸和无力，我们心力交瘁，根本无力再顾及那点原本就不存在的体面，毫无顾忌地当着老人的面吵得天翻地覆。

没钱，成为那几年我每天睁开眼就不得不面对的最大困境。为了脱离这个困境，我开始了自救之路——通过阅读、学习等各种途径来提升自我认知。

在偶然的机会下，我得知一位很喜欢的老师要在线下举办为期三天的私塾课。我兴奋极了——参加她的课程一直是我的心愿。可是后来我一盘算，课程费用、酒店住宿费加上往返的交通，这一趟学习需要花费近万元。

我的内心开始打退堂鼓，这笔费用对我来说太贵了。我身上可供支配的所有闲钱加起来，总共不超过3000元。如果要去，意味着我不但要花光这仅有的闲钱，还需要想办法再从别处凑齐剩余的钱。

那两个月，我的大脑和内心天天都在打架。最终，我还是决定放弃，把钱攒下来以备不时之需。

《圣境预言书》一书中说："对你想做的事情，你是不是曾经有过预感或直觉？譬如说，你想改变生活方向，却不知道如何实现。然后当你快要忘记这件事，而把注意力集中在其他事情上的时候，你突然遇到一个人，或读到一本书，或来到某个地方，让你一下子碰到了你一直期待的机会。你有过这样的经验吗？"我有过类似的经验。

就在我已经快要把上私塾课这件事情遗忘的时候，一天晚上，一个很久没有联系的朋友突然在微信上问我要不要去参加这次课程。她说她很想去，如果可以的话，两人刚好可以结伴同行。她这一问，我的心中被掀起了千层浪，被压抑已久的渴望促使我在第一时间就跳出来大喊："去呀！一定要去！"可是，大脑渐渐恢复理性后，我跟自己说："太贵了！别去。"在去与不去的纠结之中，我瞥见了放在桌上的一本书，封面上赫然写着几个大字：

"你无法用一个旧有的自己去换一个全新的未来。"

这几个大字的出现，让我如乱麻的心一下安静了下来：是呀，你无法用一个旧的自己去换一个全新的未来。

如果我不去参加课程，那这个周末会跟以往无数个重复又已知的周末一样：在家带孩子、刷手机八卦、闲聊，无所事事地度过；如果我去的话，那这个周末的一切都是新鲜而未知的——新环境、新遇见的人、未知的事情和未知的收获。当我的脑海中清晰地看到两个不同的决定带来截然不同的结果时，答案自然就浮现了。

当一个人下定决心的时候，改变就成了一瞬间的事情。于是，当天晚上我用了不到半个小时的时间说服老公，向身边的闺蜜借了几千块钱，和那位朋友一起订了最便宜的绿皮火车票，最便宜的民宿房间。那一刻，我如释重负，原来没有任何人可以限制你改变自己，除了你自己。

## 新决定带你进入新环境，新环境蕴含着新启示

那次课程的举办地阳朔悦榕庄，是一个野奢度假酒店，群山环绕，旁边就是甲天下的山水，美不胜收。我坐在酒店的大堂里，看着那些在前台办理入住的人，心里充满了羡慕："他们一定都是有钱人吧，才能住这么高档的酒店。我什么时候才能住上呢？"要知道那时我住的酒店都是不到两百元的连锁酒店，不为别的，只为省钱。平时如果路过这般高档的酒店，我也只会在路边远远地充满羡慕地看一

眼，内心满满都是“不配得感”——自己没有那么多钱，不配住这般好品质的酒店。

这种严重的“不配得感”几乎蔓延在我那几年生命中的每一处：不敢去高档商场，害怕服务员热情地推销，即使我的拒绝听起来再有理，服务员一看我身上廉价的衣服就知道，那些没有说出口的理由才是拒绝的原因；不敢为自己买质感好的衣服，内心觉得臃肿的身体配不上大牌衣服，只会在网上挑选最便宜的；不敢去很贵的餐厅吃饭，即使只是路过高档餐厅的门口，心跳也会加速，趁着服务员还没发现自己之前就赶紧离开，怕被他们一眼看穿我消费不起；不敢跟优秀的人近距离说话，怕他们一眼看穿自己的浅陋无知；不敢大声地表达，怕一开口就被旁人暗地嘲笑；不敢拒绝别人，怕即使再合理的理由，也会招致对方的反感，让自己不被大家喜欢。

总之那几年，因为见了一些世面，我丢掉了没见世面前“无知者无畏”的勇气，换来的是“自知之明”的“不配得感”。因为不配，所以不敢。

“没钱买不起，所以从来不去高档酒店、商场和饭店，等以后有钱了我再去。”这是那几年根植在我大脑中的想法。**一个人的想法会成为他的做法，而做法会成为他**

的活法。那一次我一如既往地没敢住悦榕庄，而是和同去的伙伴一块在旁边的一间民宿拼房住。就在我心心念念想要省钱的时候，意外发生了——民宿突然停电了，老板坚持把房费退给我们，让我们另觅其他住处。

省钱的愿望被打破，我只好提着行李，刷着信用卡入住附近仅有的住宿酒店——悦榕庄。

很多年之后，我才学会看懂人生中那些偶然发生的意外的真实含义——意外的出现是为了将我们远远地抛出陈旧的生活轨迹，让我们不再重复过去，开启全新的未来。

我坐在悦榕庄的大堂办理入住手续的时候，内心涌起一阵神奇的感受：我变成了我所向往的人，而在几个小时前，我还以为实现这个愿望需要几年时间。

人的潜意识是一个很神奇的东西，一旦它体验到某种新感觉，就会形成一个新的思想。而就在那一刻，借由入住悦榕庄这个前所未有的新体验，让我的潜意识无比坚定地相信："我现在就是一个有钱人了！"多年的"不配得感"在那个全新的体验之下轰然倒塌，取而代之的是一种"配得感"："我跟他们一样，值得拥有世界上最好的一切，有能力去创造这最美好的一切。"

那份美好的体验和见识给了我再次向世界敞开的底

气：每次面对那些高端场所、物品以及更优秀的人，因为自卑、“不配得感”想要退缩的时候，我的内心就会响起一个声音：“别怕，你可是住过悦榕庄的人。”这样的话，说出来虽然很可笑，但是我因为这句心理暗示，内心的“不配得感”渐渐消失不见，开始朝着更广阔的世界再次前进。

几年之后，当听到身边有人说起“我从来不去逛商场是因为我买不起”类似的话时，我仿佛看见了几年前的自己，我会告诉他：“正因为你买不起，所以才要去逛商场。”因为**我们要和自己渴望的东西连接在一起，成为好朋友，而不是一味逃避它，成为陌生人。**美国作家佛罗伦斯·斯科维尔·希恩在《想象力是完美人生的剪刀》中写道：“你会和你关注的事物连接在一起。只要持续关注美好的事物，就能建立起看不见的联系。而这些事物迟早会进入你的生活，直到你说‘天啦，这实在好到好像不是真的为止’。”

## 新环境中遇到新的人，带来“好到好像不是真的一样”的新可能

一个人的大脑在崭新未知的环境中总是会异常地活

跃，灵感和想法如同喷泉一般，源源不断地喷涌而出。在悦榕庄上课的时候，我随时都会带着一支笔和一个本子，以便当新的想法降临时，能快速地抓住它们。果然，在某个下课的空隙，一个新想法不期而至，很幸运，我抓住了它：“我想加入这个老师的工作团队。”因为他们常年会在全国各地不同的城市开课，每年还会带团去全球各国旅行。这种一边工作一边旅行的模式，正是我所向往的。可是我本身有工作，不太可能辞职加入他们，于是我想到了一个两全其美的好方法——推荐失业在家的老公去加入他们的工作团队。这个新想法冒出来后，我的心怦怦直跳：“这样可以吗？可行吗？”我几次尝试用理性压制住这个大胆全新的想法，可是内心依然想去试试。

我把这个想法先告诉了我先生，征求他的意见。那个时候的他不知道是不是流年不利，找工作找了大半年，一份工作都没找到，这其中的压力他比我更清楚。他说就算是让他去做仓库的保安，他也愿意去。有了他这句话，我立刻联系这位老师的工作团队，表达我的想法。正好那一年他们团队需要招人，于是很快地给我先生安排了面试。没过几天，我先生就收到了面试通过的好消息，加入了他们的团队！

后来的两年时间，我先生跟随这个工作团队去了全国各个不同的城市开办课程、参加活动，甚至去北非摩洛哥并在撒哈拉沙漠看日出，去意大利看威尼斯双年展，去德国参加卡塞尔文献展，在奥地利欣赏电子艺术展，在维也纳聆听音乐的盛宴，他整个人的视野和格局都随着见证世界上最顶尖的艺术而不断提升，由内而外焕然一新。

这些新日子的到来，让我们时常感慨——好到好像不是真的一般。

谁能想象到，这“好到好像不是真的一般”的新日子，缘起于几年前我不想再用一个重复的方式度过一个重复的周末，所以做了一个新决定，去到一个新的环境中遇见了一些新的人，发生了一些新故事，践行了一些新想法。从此我们就逐渐离开了旧的生活轨迹，换了一个全新的未来。

换个新认知，就能换个新想法。

换个新做法，就能换个新活法。

你不可能用旧有的自己，去换一个全新的未来！

# 不成功，就不配获得幸福？



为了让自己更幸福，你曾做过什么样的努力？

让自己拥有更好的工作、更多的业绩、更大的房子、更好的跑车、更多的旅行、更丰厚的财富、更高的名气、更大的成功？

为了幸福，很多人都为此不断努力，包括正在读这段文字的你，也包括我。我们花一点点时间思考一下，这样努力之后的结果是什么。结果一般有两种：一种是目标没有实现，自己难免感觉沮丧；另一种结果是目标实现，自己获得成功，体验成功带来的幸福感。但是很快的，我们会发现，这次成功并不是终点，它只是一个起点——追逐更大幸福感的起点。在这种情况下，大多数人往往会再次设定更大的成功目标，希望可以靠着强大的意志力一个个实现。结果呢，人们发现身心越来越疲倦，即使实现了目标，总还是不满足，然后疯狂追逐下一个，再下一个目标。

得不到的永远在骚动，得到的永远在继续追逐。

这种体验幸福的感觉跟我们日常拆包裹的感觉多么相

似：我们在网络上看到一个非常喜欢的东西时，迫不及待地想要立刻拥有它，仿佛拥有了它，自己就会更开心、更幸福。于是我们点击购买，然后期待包裹快点来到自己的身边。两三天之后，当我们从快递员手里接过心心念念的包裹并打开它时，我们获得了一种极大的满足。此刻你意识到："我很幸福很快乐。"可是这种幸福感转瞬即逝，当你获得满足之后，一种失落感也会随之而来。因为那是一种体验之后想要更多的欲望。追逐幸福是人类的本能，为了追逐更多的幸福，我们开始疲于奔命、工作挣钱，以便自己可以购买更多的"包裹"，拆更多的"包裹"。

## 陷入怪圈：不成功，都不配获得幸福

杰克·凯鲁亚克在《在路上》续篇中写下过这样一句话："是谁开了这个残忍的玩笑，让人们不得不像老鼠一样，在旷野上疲于奔命？"很多时候，我也想问问：是谁对我们开了"只有获得成功才能获得幸福"这个残忍的玩笑，让我们像老鼠一样在生活中疲于奔命？

我的一位学员茹茹，跟很多人一样，长久以来都把"只有获得成功才能获得幸福"当作获得幸福人生的信条。为此在生活中她把自己当作一个苦行僧，认为应该把自己的每一天都安排得满满当当，努力完成所有的任务和安排。需要比别人更努力，这样才能更成功，才能过得更幸福。渐渐地，她发现这种生活只会让她变得更累，而不是更幸福："如果今天没有完成任务，我就会很痛苦，因为我认为这种不幸福是来自于自己还不够努力，还没拥有成功的事业和美满的家庭。"

她对我说这段话的时候，我不断地点头表示理解，看着她，仿佛看着以前的自己。大学毕业之后，我顺利地得到了心仪的工作，并且在工作上如鱼得水，自身的能力得到很好的施展，获得了领导的肯定。在职场上的成功，带给我一种幸福感。

这种"只有获得成功才能获得幸福"的想法如同一株藤蔓，一旦在一个人的头脑中扎了根，便会缠了身，蔓延在生活中的方方面面，比如婚姻。我开始感觉到不幸福，是在我结婚之后。原因很简单，与那些成功的婚姻相比，我的婚姻没那么成功：我先生没那么有钱，那几年家里老老少少五口人的开支基本是由我一个人的工资辛苦支撑的。

除此之外，公公、婆婆都是年轻时就出去打工的农村人，更谈不上给予我们什么物质上的支持了。与身边一些家境相同，但是结婚之后获得婆家经济上丰厚支持的姐妹相比，我的婚姻真的太不“成功”。那几年，我回到家，看着家人就会心生抱怨和责备。这让家人痛苦，我自己也不好受。

对待幸福与痛苦，人们有着截然不同的两种态度：幸福让人们趋之若鹜，痛苦让人们避之不及。而趋乐避苦的人不会懂得，痛苦是走向幸福的一条少有人知的捷径。因为一个人之所以会痛苦，是因为他抱持了错误的想法。痛苦唯一的目的就是让人们知道自己的想法错了，我们应该去找寻更高层次的想法，一旦我们转换到更高层次的想法，痛苦就会立刻被平息。

当我被“婚姻不成功，所以婚姻不幸福”的执念折磨得身心俱疲的时候，一个人的文字，让我发生了改变。

这个人就是加拿大作家尼尔·帕斯理查。有一天，我无意之中翻开他写的《重塑自我：如何成为一个很幸福的人》这本书时，看到了这句对我影响至今的话——

幸福不是拥有最好的一切，而是有能力把一切都变成最好的。

这句话如同当头棒喝，敲醒了我。在一片混沌之中，我找到了一条通往幸福的路：出路不是老路，而是一条新路。我放弃了那条“幸福是拥有最好的一切”的老路，开始了一条“幸福是能把一切变成最好的”的新路。

有一次下班回家，坐在出租车上，我想起即将要交的房贷，还有其他的贷款以及各种家庭开销，那些账单就如雪花片一般涌到我的面前。而账户里面的余额却少得可怜，那一刻抱怨和指责的想法再次浮现在我心中：“都怪自己当时找了这么一个丈夫，嫁到了这么不给力的家庭，害得我现在什么都没有。”当这种负面情绪裹挟着我，要把我再次拽入痛苦的深渊之中时，我想起了那句话：“幸福不是拥有最好的一切，而是有能力把一切都变成最好的。”那句话阻止了我继续坠入深渊，并给我插上了一双隐形的翅膀，让我高飞，冲破障碍。于是在那个当下，我把心中的抱怨按下了暂停键，努力尝试着把眼前的一切，变成最好的：我有一个相恋多年的丈夫，他很爱我们的小家，虽然他不是传统中所说的“男主外”，但是家里的所有事情他都可以办得妥妥当当，不需要我操心；他还是一个很爱照顾孩子的爸爸，孩子一出生，除了喂奶他做不到之外，换纸尿裤、给孩子洗澡、穿衣服、拍嗝、哄睡、接送孩子、给孩子买衣服等，都是他在做；公公婆婆虽然无法给予我们经济上的支持，但是他们非常善解人意，婆婆每天负责给我们做美味可口的饭菜，让我们一家人在吃饭的时候总有一种很幸福的味道，公公喜欢自己种菜，总是让我们吃上“从菜地直接到餐桌”的最新鲜的蔬菜。

当我不再抱怨他们没给我什么，而是尝试记录他们身上的闪光点时，很奇妙地，我内心的怨气、戾气、痛苦慢慢消散，取而代之的是喜悦、富足、幸福和感恩！坐在出租车上，我的内心欢呼雀跃：“我做到了！我做到了！”在那次尝试中，我终于放下了“不成功就不配获得幸福”的执念，做到了“能把一切变成最好的”，体验到了一种“纯粹的幸福”：只要你的心愿意，每一个人都可以现在、当下、立刻、马上变得幸福！因为——

幸福是百分之百由自己决定的！

# 快乐感，才是成事的确认键

你什么时候会意识到，你正在做的这件事情会做成？

对于这个问题，我的回答是：当你做这件事快乐得想要飞起来的时候，你不需要被别人告知，你自然会知道：这件事，能成！

不知道你有没有这样的感觉，就是有时做一件事情的时候，自己对这件事情的结果无法预测，不知道这件事能不能做成。有的时候，尽管这件事还在进行之中，但是自己的心里有个清晰的声音说，这件事能成。这两种感觉，我都体验过。如果我对所做之事惴惴不安，往往这件事的结果大概率会是不尽如人意。但如果我对所做之事充满了快乐的感觉，那这件事大概率是会成的。

## 快乐的重要性，被很多成年人低估了

很长时间里，我把“吃苦”当作做成一件事的标准。这样的标准给我留下了一个后遗症：不敢快乐、轻松地做完一件事！不知道你有没有跟我有类似的感受：一件自己很想做成的事情，如果轻松简单就完成的时候，那一瞬间内心会涌起一丝隐隐的担忧：怎么这么轻松快速地就完成了？不会是没做对吧？是不是没做好？又或者，我原本其实可以做得更好，要不然怎么可能这么简单轻松就做成了呢？

一个人做事的频率会创造相对应的结果，高频率的担忧会导致出现令人担忧的结果。于是很多时候，一个人的这种担忧会让一件原本可以简单轻松快速完成的事情变得复杂起来。一旦情况变得复杂，又使出浑身解数折腾一番，之后全身才会舒坦，心安理得地觉得“这就对了嘛”。因为吃了苦、很辛苦，一件事才算做完做好！

“吃得苦中苦，方为人上人”“学海无涯苦作舟”“不经一番寒彻骨，怎得梅花扑鼻香”的人生算法，让我看懂了自己平日里有很多不良习惯，比如拖延。一项任务，不管事前预留了多少时间，我都喜欢在临近截止时间时奋起急追，熬夜加班赶进度。明明每次都一再告诫自己，下次不要重蹈覆辙，可是下次来到的时候，又是如此。我想自己也不是一个知错不改的人呀，为何在这个习惯上如此顽固？一个顽固的行为背后，是一个坚固的底层认知。而“不辛苦，不成功”就是那个“坚固”的底层认知。

“不辛苦，不成功”这种思维在我过往的工作生活模式中极其常见，带来的结果就是“处处皆辛苦”：赚钱很辛苦，工作很辛苦，写作也很辛苦。可是“辛苦”带来的结果就一定是“成功”吗？

很多时候，**在大多数人以为“辛苦是成功的标配”时，有少数人在坚守“快乐是成功的顶配”。**

我最开始写书的时候，花了好几个月的时间，努力地写啊写，上班前写，下班后写，早上写，晚上写。为了写，我放弃了一切休闲时间和玩乐时间。老公傍晚时约我散步，孩子周末时约我出去玩，我统统拒绝。理由是我要努力写书，不能浪费任何一点时间。那段时间，家人去休闲娱乐的时候，我把自己关在房间，把自己搞得像一个苦行僧一样，一个人很辛苦地写啊写，只差头悬梁锥刺股了。后来我终于写完了十几万字，发给畅销书作家帅老师，请他帮忙看看我的书稿。他看完之后，说：“UP子木，在你的文字中，我感受不到你的快乐！你可以尝试各种你喜欢的方式，让你写作的时候快乐起来。”

“快乐？！”我一脸的问号：我请你看文字，你却跟我谈快乐？这是不是有点牛头不对马嘴？

可是后来的事实证明，作为在写书这一方面富有经验又卓有成果的过来人，我的这位作家朋友一针见血地指出了写书最关键的问题——要想写好书，尽量让自己感到快乐！

在《创作，是心灵疗愈的旅程》这本书中，作者茱莉亚·卡麦隆写道：“有创意的你，想要多做些作品，就要哄自己开心，而不是欺负自己。”甚至还在书中告诉所有人——多产的艺术家通常很快乐。

在关于“写书”这一件事中，我付出了努力、精力、时间，但是却忽略了一个至关重要的元素，那就是“快乐”！

我再回头看自己之前用力写出来的文稿，的确在字里行间感受不到快乐的能量。我在日常生活中是一个很快乐的人，但是一想到写作，就感到紧张和压力。在这种状态下一个人所写出来的文字，自然无法拥有快乐的、打动人心的力量。

## 要多产、高产，就要学会“不要欺负自己”

如何让自己写作时感觉轻松快乐？娜姐的一通电话解开了我所有的心结。娜姐是我的策划人，知道我心理压力大，于是开导我，写书就跟我平时写公众号文章一样，只要我写完四十篇文章，就是一本书的量了。她的这句话一下子帮我释放了关于“写书”这件事所有的压力，让它变得轻松简单起来。

娜姐又告诉我，一本书没有独一性，就没有灵魂；而作者独一无二的经历故事以及心得就具有独一性。所以她让我根本不需要管别人说了什么，只要心无旁骛地写就好了。

**真正的高手总是能抛开无谓的细枝末节，一针见血地看透事情的本质，**一出手就能帮助别人直达事情的本质，让人轻装上阵。娜姐的这一段话，托住了我下坠的心，让它变得轻盈、喜悦——原来写书这件事这么轻松自在，你只需要肆意地表达自己最动人的故事和最鲜明的态度，就足矣！

## 快乐感，是成事的确认键

卸掉所有的压力之后，我不再担心和顾忌外在的标准和评价，开始放松潜下心来写作，那一刻我如同潜入深海之中的无人之境，遇见真实的自己。在这个过程中，我感到一种巨大的快乐。这种快乐不是因为外在刺激而来，而是与我内心最深处的东西相连接，它绵长而深远，如同山涧清泉，绵绵不绝，所到之处，滋润万物。

这种与最深处的自己连接所带来的快乐，是属于相遇的快乐。当我放松、自在，敞开心扉写作时，我就与那个最真实的自我相遇了！

快乐感，如同一个确认键，一旦它在你的内心中出现，很多事情都会被按下“正确”的确认键。

这是一种很奇妙的感觉，当我越写越快乐的时候，完全没有了第一次写书时那般的忐忑、紧张以及不自信，担心外界看到这些文字会觉得写得不够好。相反，在快乐中我一气呵成写下的每一处词句，都是一次我内心的确认：“对，没错，就是它了！”新的一版书稿还没完成的时候，我好几次跟娜姐说：“我不管别人觉得好不好，至少，这一次，我觉得自己写得很好！”这颇有一种“天大地大，老娘最大”的气魄！这种确认，是在外界还没看见之前，你内心腾空而起的一份快乐，它为你摇旗呐喊，为你按下了最大的确认键！

娜姐在看完我的这一版初稿之后，回复我：“文字写得很好！”

“哇！”我的心中一阵欢呼，没有意外。

条条大路通罗马，而我在写作中终于找到了适合自己的到达“罗马”的那条路——

带着快乐去做你所做之事，就是正确之路。

一次，一位妈妈在我的社群里面提问："怎么样告诉孩子金钱这件事？"看到这个提问的时候，我正好在北京出差，住在一位朋友家。这位朋友很早就通过自己的努力积累了丰厚的财富，于是我就把这个问题抛给这位朋友，想听听她的回答。

她思考了一下，回答道："不要给孩子种下'赚钱很难'的念头，而是要告诉孩子，赚钱是一件很快乐的事情。"

外在是一个人内在真实的展现，当一个人内在有什么样的心念，外在就一定会创造出与内在心念完全吻合的实相。一个人内心认定"赚钱很难"，那外在一定会创造"很难赚钱"的实相；一个人内心认定"赚钱很快乐"，那外在一定会创造"快乐赚钱"的实相。这一切，真实不虚。

朋友告诉我，对她而言，赚钱是一件很快乐的事情。她一向对金钱和数字极度敏感，一提到它们，自己就会发自内心感到兴奋和快乐，眼里放光。她说，如果可以，告诉孩子，创造财富是一件很快乐的事情，并给孩子上一节重要的财商教育课。

"为了工作放弃生活值得吗"这个话题在网上曾有高

达上亿的阅读量，引发热议。我在网上看了一下这个话题的回复，很多人的观点都是为了赚钱，很多时候不得不作出妥协，放弃生活的种种享受。直到我看到一位网络“大V”留言分享的观点：“工作是体现价值的重要表现，我工作的时候感觉自己都是发光的。赚钱什么的，反而是次要的事情了。工作做得好，钱自然就会来了。”我看到这条留言时，心中感慨万千，一个人拥有现在的财富，真的是有原因的。很多人都本末倒置了，好像只有放弃快乐，才能赚到钱。但是真相可能是——因为一个人放弃了快乐，才无法获得更丰厚的收入。因为当一个人在工作或做一件事的过程中，让自己感觉到快乐、自我在发光的时候，往往意味着这件事做对了！

用“快乐”按下成事的确认键，这是一条与大多数人的“成功之道”截然相反的小路。当你用力做了很多事而没见成效，还让自己身心俱疲的时候，不妨给自己一个机会，尝试一下，带着快乐去做你想做之事。因为当你在做事中感受到快乐之时，就是你找到成事的正确方法之日。

# 做自己的救世主，冲进困境拿“礼物”



提起“困境”这个词，你的第一反应是什么？

我想大多数人的第一反应都是：麻烦困难，一想到就压力山大，心情沮丧，想逃避，或者是有很多的抱怨。我们送给别人的祝福往往都是万事如意、心想事成，而不会祝别人“万事困境”。可见在大多数人的心中，困境是一件能不碰上就不要碰上、能躲多远就躲多远的事情。这个世界上，有没有人喜欢困境呢？有的。

几年前在我参加的一次线下沙龙上，一位来自印度的老师说的一句话让我记忆犹新。他说，在印度有一个习惯，遇到困境的时候，人们都会用自己的方式来庆祝！什么？！这么不可思议的观点成功引起了我的兴趣，导致很长一段时间这句话一直印在我的脑海里。庆祝困境？这些人怕不是对“困境”这个词有什么误解？当时的我如是想。但是时隔几年，当我也变成了遇到困境也要大声庆祝的人时，我才发现，我或者我们大多数人，对“困境”这个词有很多误解，其实困境之中有太多的“礼物”等待我们去拿，值得我们庆祝。

## 被“困境”逼着拿回自己生命的主动权

我们先做一个小测试：每次乘坐飞机时，你会认真了解飞机上的安全逃生信息吗？

A. 会。

B. 不会。

有一次我在电视里面听到一位艺人的访谈。他说起自己乘坐飞机的一个习惯：每次他都会认真阅读座位上的安全须知，包括了解所乘坐的每架飞机的逃生门在哪个位置。他说自己之所以这样做，是因为万一出现危急时刻，他可以不需要浪费机组人员的时间进行自救，甚至还能救人！

他的这段话让我陷入反思：因为工作原因，我经常需要乘坐飞机，但随着乘坐的次数越来越多，对于飞机起飞前的安全知识我却越来越淡漠。这是什么原因？在层层反问之下，我看见了自己内心深处真实的想法——一方面是觉得自己已经知道了，但其实并不是很清楚；另一方面是想着万一发生了紧急情况，即使我不知道安全逃生的知识，到时肯定会有机组人员营救的。

这就是那位艺人与我在面对困境时最大的差别——他选择积极主动自救，甚至还能救别人，而我潜意识里选择的是等待别人前来救援！

一个人的想法就是一个人的活法。“等待别人前来救援”是我那几年的想法，也成了我的活法。那时我年少无知，当闺蜜正在为难找到一位合心意的另一半发愁时，我还会洋洋自得地分享自己的心得——“男友清单”。这个清单上面除了一些条件是用来满足小女孩的浪漫心思之外，我还添加了一些自己不具备但是希望另一半具备的条件。我按照这份“男友清单”找到了我的老公。决定结婚时，我的内心欢呼雀跃，心想以后可以靠老公啦，多幸福！

正当我幻想着迈向人生的巅峰时，现实给了我狠狠一击：婚前视老公为“潜力股”，没想到婚后这支“潜力股”一跌再跌——工资低、收入少，到最后直接跌停——失业在家靠我养。命运就是这么让人捉摸不透。当时我很长时间都处于“离婚或不离婚”的困境里，想着大不了就离婚吧，找个更靠谱的另一半再重新开始。感谢我的孩子在那个时候出生了，他的出生完美地堵住了这一条退路。我想让孩子出生在幸福家庭，于是决定：靠不了男人，那就靠自己吧！

从“靠老公”转变到“靠自己”，虽然只是一个念头的转变，但是境随心转，内在的心念变了，外在的世界都会随之改变。我的人生剧本从“小女生”切换到“大女主”：以前幻想改变老公和靠老公来实现梦想，现在则是改变自己，自己想要什么，就直接去创造什么。当一个人相信自己就能创造想要的一切时，他就处于一种充满勇气和积极主动的高层级状态之中，从而全然地敞开自我，把握和接纳一切机会，成为命运的主宰者和创造者。这种丰沛而强大的内在能量，就会创造出丰盛而美好的外在世界。

凭着“靠自己”的这股韧劲，我的日子也渐渐变好了。曾有人问我，就凭“靠自己”这三个字，你就成功逆袭了？这三个字有这么神奇？一开始我也不知道为什么只是凭借着靠自己过生活，然后日子就真的一天天好转了。后来看到《孙子兵法》的“致人而不致于人”时，我恍然大悟：“靠别人”就是“致于人”，“靠自己”就是“致人”呀。无论是一支军队，还是一个人，能够做到“致人而不致于人”，自然就会天下无敌了！

“致人而不致于人”，这是我在那次困境中拿到的最棒的礼物。因此我经常跟大家分享，遇到困境的时候，先庆祝自己能够遇到困境，因为这可能就是命运给你派送生命大礼包的时候，然后鼓起勇气冲进困境里面拿礼物。等你拿到属于自己的礼物，你就会懂得一切都是最好的安排。

有次一位妈妈给我发来信息："你知道吗？我以前对你说的这句话有多恨吗？我是属于典型的'点背怨社会'的那种人。对于我的原生家庭，以及发生在我身上的一切，那么多不如意，怎么可能是最好的安排？不过后来我尝试按照你分享的方法去做，去寻找困境背后的礼物，我真的收到了越来越多的礼物，改变也越来越明显，明显到身边的朋友都看出我跟以前那个喜欢抱怨的自己完全不一样了。"

她告诉我她是如何在困境之中把自己的缺点主动转化为优点的。她说："我之前性格极其敏感脆弱，现在我可以把这个缺点转化为精准地感知他人情绪，这对我成为心理咨询师是非常好的助力。而之前那些自卑抑郁的经历让我现在可以更好地理解和共情来访者；每天带娃过程中总结的带娃经验和让自我稳定的方法，现在成了我解决别的妈妈焦虑烦恼的素材。"

看着这位妈妈的留言，我的内心暖暖的。在人的一生中，每个人几乎都会遭遇人生一次或多次的"至暗时刻"——

深陷困境之中，无人帮忙，处处都是绝境。虽然看似无路可走，可我们依然拥有选择的权利——被困之时，是选择等待被救，还是选择主动自救。不一样的选择，会带来不一样的结果。**在困境之中，除了我们自己，一无所有。**而冲出困境的秘诀就如同电影《二分之一的魔法》中的一句台词——“寻宝的关键，就是手里有什么就用什么”。**既然只剩我们自己，那就用好自己，让自己发挥最大的潜能，去冲出困境创造奇迹吧。**拿回主动选择权，我们每一个人都会成为命运的主宰和创造者。

## 找回自己的力量，做自己的救世主

前几年农历新年，我去了西藏拉萨的大昭寺。大昭寺香火旺，又逢佛像贴金，所以旺上加旺。旺到什么地步？你人在寺庙里面根本不用走，就会被别人推着前行。我第一次感受到被挤到肺部要爆炸是什么感觉。进不得退不得，出不得入不得，我只好看着人头攒动，随着人潮行走，心生抱怨：“明明是来旅行，为何要遭罪？”当下的情景让我仿佛重回当年陷入家庭困境时的状态，那时不就是进不得，退不得吗？被人潮挤到动弹不得的时候，我的一旁正好有一尊佛像，我就望着它，它也望着我，人山人海，它自岿然不动。我突然想起在欧洲艺术游学的时候，带团游学的老师曾带领我们参观一个教堂，墙壁上有好多天使，它们在俯瞰着我们。这位老师教会我们一个“自他互换”的方法——换个视角，想象你就是天使，站在高处俯瞰着前来参观的人，那作为天使的你会有什么话想对自己说？你会获得很多启发。反正被挤得动不了，我索性就在人头攒动的大昭寺里用“自他互换”法给自己换了一个视角——想象自己就是那尊佛像，坐在那里看着眼前攒动的人潮。互换角色之后，很多话就从我内心自然地涌现出来：“你们一出生在这个世间，我就赋予了你们无限的力量，帮助你们获得你们所想要的一切，我身上有的，你们身上通通都有。无奈大部分人都视而不见，不断外求。只要你们愿意拾起自身的力量，我就是你，你就是我。”

内心涌现出这些话后，我心中的一个困惑突然得到了解答。那段时间，我在拉萨旅行游玩途中遇见好多座寺庙，看着寺庙里那么多人，我就问自己：这些人为什么要拜佛？我没有找到满意的答案。可是就在大昭寺用“自他互换”法互换角色之后，我突然领悟到答案——拜佛，其实就是拜自己。

以前，我跟很多人一样，以为拜佛就是跪拜神像祈求获得更多的力量，但是在大昭寺中遇到的困境让我看清，如果一心只把力量依赖于别人身上，即使在寺庙之中、神像之下，也处处皆是困境。而困境，就是将我们逼到绝处，打破依赖别人的幻想之后，在绝望之中生出无畏的勇气，对自己负起百分之百的责任，拿回属于自己的力量！

丧失自我的力量，一无所有；

找回自我的力量，一往无前；

自己，就是自己的救世主！

# 把未知当作向上的盾牌



你会以什么为标准来衡量你的成长？很多人以“知道”来作为自己成长的衡量标准，比如在过去的某一段时间里，自己是否知道了更多的知识、经验、技能、信息等。

知道越多，成长越快。我抱持着这样的想法，在生活中不断地说着“我知道”。对，我知道自己是个什么样的人，想要做什么事；我知道自己为什么活，如何才能探寻更好的生命意义；我知道每天可能遇到的“意外”有哪些，以及有哪些适用的防范标准；我知道世界发展变化的逻辑，并且能够适应得很好；我知道他人思考的逻辑，所以大多数人的想法，我都能猜个大概……因为“知道”，我的生活变得越来越可控，随之而来的是少了很多趣味性。

当一个接一个的“知道”充满了生活，它们会在我们的世界里筑成一道道铜墙铁壁，让那些不在已知范围的事情难以靠近。

有一次，我参加一场节目创意策划会议，会议希望大家各抒己见，头脑风暴，可以碰撞激发出新的灵感。会议上有很多“95后”的孩子，他们纷纷提出自己的想法和点子。但是，他们每提出一些想法，就会被我否决掉：这个不切实际，那个超过预算，这个不够好，那个不成熟，等等。多年来的工作经验和心得，已经在我脑海中构建成一个已知的框架，凡是不符合这个经验框架的，都被我剔除在外。“强势”“控制欲太强”是他们对我的评价。我想：控制欲太强就太强呗，只要不失控，没什么不好的。直到我在汪洋大海之中遭遇一场狂风暴雨。

有一年国庆，我去马来西亚参加了一个朋友的婚礼，婚礼结束后我们去亚庇的环滩岛旅行。那是一个还未被开发的原生态岛屿，从码头出发穿越海洋到达岛屿，需要在海上乘船两个小时。我们一行人开心地上了船，谁都没想到，船行驶到海中央时，突然遭遇狂风暴雨。

前一秒还是蓝蓝的天空和海面，瞬间就翻了脸，变成了乌压压的黑色。海连着天，我们一船人被巨大的黑色笼罩在望不到边的海中央。

狂风掀起几米高的海浪，船在海里上下摇晃。坐在船上的我，如同在海中坐起了过山车，一下顺着海浪升起几米，一下又被退去的波涛扔下去，窗外的暴雨拼命往船里灌。我的衣服早已湿透，冰冷地裹着瑟瑟发抖的身体。那一刻，眼前上演着一出黑色魔幻大片，在感受大自然威力的同时，我也明白了——在这狂风暴雨面前，我毫无招架之力，所有的一切都失控了。

这感觉，一下把我内心多年来的“自以为是”和强势击得粉碎。我第一次感受到人的力量如此渺小，渺小到一旦发生不测，人所能发挥的作用几乎为零。

恐惧朝我袭来，我闭上眼，不敢再去看那一片凶猛的海。但是，总得为自己做点什么吧，于是我心里默念经文，祈求老天保佑，平安到达目的地。当我把紧张和害怕强压在心头，不断默念着《心经》和《地藏经》的时候，突然心中冒出了一个词——臣服。

生活总会让你遇见一些人和事，帮助你明白那些以前自己未曾明白的道理。以前的我不知道“臣服”是什么意思，但是在那一刻，我明白了。臣服不是屈服，不是懦弱，不是消极，也不是随波逐流。臣服是你明白，在你之后有着更大的力量。

很奇妙，当我悟到了“臣服”的含义之后，内心的恐惧得到了缓解，在慌乱之中我也有了一丝定力。这份定力伴着我穿越了那次海上的狂风暴雨。

生命之中，那些让人无法承受的事情以摧枯拉朽之势来到一个人的身边，让人陷入混乱，让一个人大脑固化的已知思维被摇晃松动，直至让人重新看清生命的真相。马来西亚的那次海上历险记告诉我，我们需要勇敢一点，放掉对已知的掌控，不要害怕失控，这样，我们才能和背后那个更大的力量在一起。

换作以前，我每天的生活一成不变，毫无惊喜。

在开始新的一天工作之前，我就已经知道自己这天上班途中会经过哪几个地方、到了公司会遇见哪些同事，这天要做哪些工作。如果是周末陪孩子去游乐场玩耍的话，还没出门，我就知道到了游乐场之后，会看见一大群精力充沛的孩子在公共场合疯玩，我的孩子会玩得乐不思蜀，而我会无聊但又无可奈何地必须坐在旁边，刷着手机打发时间。我知道大概到几点，就会耗尽耐心，然后“拎”着玩得满头大汗的孩子从游乐场逃离出来，在拥挤的马路边叫上一辆车回家。然后，这周结束，下一周又开始了。

## 生命是时时刻刻的未知

一个人所认为的绝境，也许是另一个新的开始。

如同电影《奇异博士》中的古一法师，面对出了交通事故后来到印度向他求助的奇异博士所说的那样：“忘掉你之前所明白的一切认知。”那次惊险的海上之旅，如同我的“古一法师”，它让我领略过大自然摧枯拉朽之力，告诉我“忘掉你之前所明白的一切认知”。于是，在日常之中，我开始会放弃掉一些头脑中已知的认知，学会说“不知道”。

每天出门上班前，我对自己说：“我不知道，我不知道今天出门之后会经过哪些地方，我不知道我今天在公司会遇见哪些人，我也不知道今天要做哪些工作……”

我很喜欢《深夜加油站遇见苏格拉底》一书中所写的一个故事。加油站的苏格拉底问丹：“你今天，此时此刻，在哪里？”丹想都没想就把答案脱口而出：“在办公室。”苏格拉底继续问：“你在哪里？”丹继续回答：“我在加油站的一个办公室里。”在后面长达十几分钟的对话中，苏格拉底没有罢休，一遍又一遍地不断追问：“你在哪里？”丹在一次次的追问下，不断回答：“在加州。”“在美国。”“在西半球的一块大陆上。”“在地球上。”“在太阳系中。”“在银河之中。”“在宇宙之中。”苏格拉底锲而不舍地追问道：“请问宇宙在哪里？”丹生气地回答道：“我怎么可能知道？”苏格拉底这才满意，不再追问。因为丹的那句“我怎么可能知道”切中要点，生命是时时刻刻的未知。

“我不知道”这句话如同有魔法的咒语，一旦你对自己所熟知的一切说出这句话时，神奇的事情就会发生：一切都是未知的。一个人处于未知之中时，他会拿出百分之百的精力认真地面对眼前的未知，就如同刚出生的婴儿，以一颗惊奇之心打量着新鲜而陌生的一切。**把这颗惊奇之心带入我们的生活中，很快你就会发现生活会焕然一新，因为我们的感受和反应不再因为已知而处于机械性的、可以预测的状态，而是跟随着当下每一个不一样的瞬间而随性创造全新的结果。**

## 未知之中有大美

我曾随艺术游学团在西班牙的各大艺术展参观画展，带团的一位艺术导览老师说的一段话，让我印象深刻。每当我们刚进入一个新的展厅时，都会有很多学员第一时间围到这位老师的身边，非常积极地向老师询问这些展品画了什么，代表着什么意思。老师说：“请相信我，在我开始讲解画作之前，我让你们自己看画的那十分钟，是你们最美妙的十分钟。你们要自己看，自己感受，我怎么能剥夺你们第一次看到画作时的那种一切都是出于未知之中的美妙感觉？所以不要问，不要问为什么。”

**大音希声，大象无形，我们看得到的象终归只是沧海一粟。看不到的，才是广阔无垠的空间。**

不可说，不要问，临在当下，已是美妙之极。

以前我写作的时候，总以为一个人需要知道自己要写什么的时候，才会写出文字来。但是最近这几年，特别是在写这本书的文稿时，我越发感悟到：当你写不出东西来的时候，真正属于你的东西才有可能出现。陈丹青说，“无知”是艺术家最难能可贵的品质。很多艺术家在创作自己的艺术作品时，其实他也不知道自己要创作什么，甚至当一幅作品已经完成之后，有人去问他是如何创作出来的，他其实是无法回答的。生活是时时刻刻的未知，创作也是。

一次，我带着孩子去博物馆里看展览，碰到一个儿童绘画培训机构的老师带着一群孩子看画展。那位老师对着展出的画作，向那群孩子进行详细分析，分析画家用这个颜色代表着什么意思，反映了什么意图，那个构图是什么意思，好处是什么，等等。我当时的第一反应就是：让我的孩子，离这样的老师，有多远离多远。但凡这位老师真正全身心地忘我地创作过一幅画作、一篇文章、一首音乐、一场演讲，或者是全身心地投入到她所做的工作之中，她就会知道真正的创作根本不是在这种极度理性的控制之下完成的。真正的创作，是未知，是无我，是臣服，是你坐在空白的画板上，静静地等待那个让你非画不可的时刻来临。一旦它来临，你就趁着这股劲，乘风而起，踏浪前行。

## 换个理由来生活

平时我在跟一些朋友聊天的过程中，经常会鼓励大家去做自己想做的事情，但是也经常会听到这样的话："我不知道自己是否能做得好。"

这句话成了一道分水岭，把世界上的人分成两种人——

一种人，用"我不知道自己是否能做得好"当作盾牌，挡着全世界对自己敞开的可能性，在已知的世界中画地为牢，步步退化。

另一种人，用"我不知道自己是否能做得好"当作冲锋枪，向着未知的世界发起一次次进攻，一次次地填补自己的知识盲区，进化成更优秀的新物种。

请记得，那些你用来拒绝尝试新事物、新机会的理由，恰恰是这个世界上另一种人勇于尝试新事物新机会的最强动力！时间越久，人与人之间的“差别”只会越来越大，直到不可跨越！

你是选择把未知当作自己的盾牌还是冲锋枪？

试着换个理由，过生活。

# 迷茫时，以树为师

在人生遇到困惑时，你会向谁请教，希望他可以给你指点迷津，给予你启发？在自我成长的过程中，你会向谁寻求指引，希望他可以传递智慧，助你成长？在关键时刻进行抉择时，你会向谁咨询，希望他可以借你一双慧眼，看清选择？

我们往往会去向那些比自己更有经验、更有智慧、更优秀的人请教。我们将这些人称之为“老师”。我们希望身边有最厉害的老师，可以为自己指路。但是，如果身边没有这样的老师，那遇到难题时，我们该怎么办？

我自己的一个方法就是：看看天，看看地，看看树，看看大自然。古人说：“人法地，地法天，天法道，道法自然。”如果你愿意，你就会拥有这个世界上最厉害的老师——大自然。《庄子·大宗师》要传递的就是这个意思：绕过你的老师，直接效法自然。

## 拜大自然为师，所谓大宗师

我喜欢在大自然中旅行。有一年国庆节，我去了一趟内蒙古，在那里参观了全国最大的原始森林公园——莫尔道嘎国家森林公园。原始森林公园与我们平时在大城市里看到的森林公园不一样，它是在自然生态环境下生长起来的，而非人工培育出来的。

当我进入到那一片原始森林时，感觉非常震撼。这种震撼来自那些在地球上生活了几百年的参天大树，它们屹立在那里，像高山一样安稳和沉寂。靠近它们，你会感觉到这些参天大树带着你的心一点一滴地沉浸下去，包裹起来，给你一种非常安稳的踏实感，让你仿佛回到了胎儿时在母亲的子宫里的那种沉沉的安全感。虽然只有你一个人，但是你可以感觉到自己是在被某种东西滋养着和保护着。这种感觉，是我在城市里面的森林公园里面体验不到的。这一切来源于两者之间有着完全不同的生存法则。

## 林下弱光，造就参天大树

原始森林里的大树树干高而直，高耸入云，枝繁叶茂，因此只有那些在最高处的树叶，才能吸收到最多的阳光。而那些透过树冠茂密的树叶洒落在地面给予小树苗成长的阳光，只有树顶阳光的4%。

按人类的逻辑来看，林下弱光似乎有点不太合情理，甚至有点残忍。一棵柔弱的小小树苗，本应该接受更多阳光的照耀，才可以快快成长。就如同刚出生的婴儿，理所当然地要得到更多的照顾，才可以健康成长。

当然，这是人类的逻辑，大自然有大自然的规律。

正因为林下弱光，原始森林里树木的生长速度非常缓慢。在此生长速度下，树干的细胞密度会变得非常密集，因此这里的树干就拥有了更强的可抗菌能力以及良好的弹性。这些树木在大自然中遭受到外伤受到感染的时候，也不会轻易因为腐蚀而致命，遇到大风时也不会轻易被折断。

除此之外，林下弱光是原始森林里每一棵想要成为参天大树的小树苗的生长法则。**因为最充足的阳光在参天大树的最高处，所以一棵幼苗想要获得更多阳光，就必须茁壮成长。只有全心投入、心无旁骛地笔直向上生长，任何别的旁门左道才不会毁掉它成为参天大树的可能性。**它们那副认真的模样，像极了“模范生”。当然也有一些树苗感觉到光线不足，于是决定走捷径，弯曲生长，不再辛苦向上。

于是，你会在这片原始森林中看到一幕有趣的场景：原本大家都是铆足了劲一心向上生长，但是有些幼苗为了更快地获得阳光，开始偏离大道走捷径，弯曲树干，从旁生长。而那些树苗中的“模范生”并不会受此干扰和影响，只是继续缓慢地笔直向上生长，并且超越它们。在这种情况下，已经弯曲生长的幼树所需要的光线便会慢慢地被挡住，在其他小树的树阴下它会逐渐衰弱。而那些循着最高处的阳光生长的“模范生”们，自始至终是遵循着自己的初心，按部就班、心无旁骛、寂寞安静地向上生长。靠着这个“笨”方法，这些“模范生”终于成为参天大树。

## 心无旁骛做自己

在莫尔道嘎国家森林公园，站在那些参天大树之下，我抬头仰望，心里第一次有了想要拜一棵树为师的念头，想要成为跟它们一样的“树”。

参天大树树冠那丰盛的阳光如灯塔一般，指引着幼苗要不偏不倚、心无旁骛、全神贯注地笔直向上生长。如果三心二意，偏离正道，幼苗就会在成长路上折损能量，最后被那些森林幼苗“模范生”慢慢地垂直生长所超越。不贪图快和捷径，是一棵小树苗成为参天大树的必经之路，

**但凡贪念一生，小树苗就无法忍耐成长中的寂寞和枯燥，放弃了成为参天大树的可能性。**所有这些看似苦行僧的日子，都是幼苗为了日后能以笔直挺拔的姿态屹立于林。

《圣经》中只有两处提及成功，一处是这样写道：

“只要刚强，大大壮胆，……如此你的道路就可以亨通、凡事顺利。”

另一处是：“通往成功的道路既直且窄，那是一条全心投入，别无旁骛的道路。”

这说的是一棵小树苗长成参天大树的必经之路，也是一个人成为大写之人的必经之路。

## 按照自己的节奏，安静成长

从容不迫，自在生长，这份感觉让人心安，以至于回到城市后很久，我仍会想到在树下静心感受的日子。

在繁忙的城市之中，你只要打开手机，一刷朋友圈，各种教你“快速”的信息充斥屏幕：有教人如何快速致富的、快速写作的、快速涨粉的、快速变现的、快速阅读的……只要把人们想要得到的结果加上“快速”两字，总会引来无数流量。一次，一位微信上的陌生人说想要报名我的社群跟我学习。我把报名链接发给他，他报名成功之后问我："你能不能告诉我，我怎么样才能在最短时间内把学费挣回来？"看到这句话，吓得我当场把学费原路返回给他，告诉他："臣妾做不到啊！"

普通人的逆袭需要多少时间？我的一位老师——万能的大熊，曾经说过："普通人的逆袭至少要准备三年时间，第一年用来找赛道，第二年用来实践，第三年就要在赛道上拿到一些成绩。"只是很多人只想追求立竿见影的成长效果，三年太长，没耐心坚持下来，于是就放弃了。

我自己做到今天，也是坚持了五年，做了近400场的线上线下分享，才累积出一点小小的成绩。比起做一件事情，坚持做一件事情的价值更大。甚至，只有坚持还不够，还要学会拒绝。这四五年的时间里，有很多人邀请我做很多其他的事情，他们告诉我"这个是当下的风口，是巨大的机会""那个是时代的趋势""以你的积累，做这个平台很快就会赚到很多钱"，等等。一句话，就是"机不可失，时不再来"，否则就会错过一个亿！

面对令人眼花缭乱的众多机会，我也心动过，但是因为我知道未来自己想成为什么样的人，想做什么样的事情，所以就锚定了那一个目标，不偏离航线，让自己像一棵树一样，在日复一日的日子中不动声色地笔直生长：安静看书、写作、成长、工作、生活和持续分享。在安静的蓄能之下，我的学员越来越多。

几年之后，当时他们说的机会、风口、趋势、平台都已经消失在新一轮机会、风口、趋势、平台之中，我才明白，这个世界，机会到处都是，只不过属于每个人的机会，不在别人的口中，而是在自己的行动之中，用日拱一卒的累积，积累出来的。

我身边的一位朋友巫小敏，短短两三年时间里她换了很多“标签”：阅读达人，创办读书会；职场达人，想要帮人解决职场上遇到的困境；社群运营师，帮助别人运营社群；等等。两三年的时间，几乎每隔一段时间见到她，我就会发现她又换了新的“头衔”。直到最近我们见面，她说在经历过很多尝试之后，这一两年终于找到了自己想要长期做的事情。因为找到了这件长期想做的事情，她放弃了过往的那些“标签”，安下心来朝着一个方向聚焦努力。她告诉我的时候，她已经在自己选定的这条长期赛道上耕耘了两年时间，这全身心投入的两年让她在这个赛道上开始做出一些成绩，获得一些名气和影响力。最后她说：“现在的自己，感觉很踏实。”

如果一个人要成为一棵参天大树，这意味着他要放弃很多的选择，然后锚定一个目标，按照自己的节奏，心无旁骛、全神贯注地朝着那个方向，一步一步地按照规律和秩序向上生长。如果在这个过程当中，一个人的心神意志不够坚定，他就会被外在的节奏所干扰，《孙子兵法》其中一条制胜兵法就是“致人而不致于人”，说的就是如果要想胜利，就不要被外在节奏所干扰。一旦被外在因素所牵制，随外在的变化而摇摆不定，原本积蓄不多的能量就会耗费在众多选择和摇摆之中，最终必败无疑。

## 以正合，以奇胜，所谓出奇制胜

那些生活在原始森林里的参天大树，如果你不仔细观察，就很难发现它们不一样的小细节——那就是它们的重力腿。在它们的根部，有一个分叉，与树干形成一个三角形，支撑着它们的身体。三角形的结构带来稳定的力量。参天大树在面对强风袭击时，重力腿在身后稳稳地支撑着，从而屹立不倒。

参天大树的重力腿让我联想到《孙子兵法》中的另一条制胜兵法：“以正合，以奇胜。”这条兵法说的是，军队上战场打仗时，在战场上与敌人正面对抗的军队是正规军队，所谓“正”。同时，主帅会准备一支预备军队从敌方后背奇袭，帮助正面军队获得更大的胜算概率，这支预备军队就称之为“奇”。所以出奇制胜的原意并不是说用奇门异术来以少胜多、以弱胜强，而是多为自己做好一个准备，来提升抗风险的能力，增加胜算。

一场突如其来的疫情，让多少人措手不及，令他们的生活、工作以及收入纷纷受到影响。有人因为疫情，客源减少，创业失败；有人因为疫情，关闭了平日生意非常火爆的餐饮店和酒吧。我身边一位朋友，在疫情之中不得已关闭了经营多年的线下门面店，焦虑万分，因为那是她多年来唯一的经济来源。

不想让自己掉入这种被动的人生状态之中，我们就需要向那些原始森林中的大树学习，为自己备上一条“重力腿”。而拥有这一条重力腿，不需要另起炉灶，不需要分身成另一棵树、另一个人，只需要从自己原本就有的资源中，加上一个新的角度，就能从自己身上“长”出一条“重力腿”来。

一位妈妈曾经找到我，希望可以找到她人生的一种新可能。我问了她两个问题：“第一，在你目前所做的工作之中，哪一个是最赚钱的？第二，哪一个又是你自己最喜欢做的事情？”我之所以问这两个问题是因为对这位妈妈而言，一味地嚷嚷着要做喜欢的事情而没有收入保障，是不成熟的表现。所以我们要思考的是如何做到既可以做自己喜欢的事情又有收入保证，两者兼得。

这位妈妈很快给出了答复：家庭风险管理顾问是她目前最赚钱的工作，画画是她最喜欢的事情，所以目前她正在自学画画。拿到这个问题的答案之后，我又问了第一个问题：如何把你最赚钱的工作和最喜欢的事情串联起来？家庭风险管理顾问和画画，两者看起来风马牛不相及，一个理性，一个感性，好像关联性不大。但以我对她的了解，她擅长经营家庭关系，那些让很多人头疼的夫妻、亲子、婆媳问题，她都能轻松化解。想到这里，我看到她身上长出来的“重力腿”了，于是我建议她以自己的家庭为蓝本，为家庭成员塑造漫画形象，用画画的方式把她运用家庭风险管理的专业知识为小家保驾护航的小故事画成漫画，然后找到合适的平台去发布。用简短真实有趣的家庭故事去打动潜在用户，而不是用冷冰冰的专业知识和数字说服潜在用户。这就是她在多年的成长之中顺其自然长出来的“重力腿”。

如果每个人都像那些活了很久很久的树一样，拥有一条“重力腿”，那无论外在环境如何变化，人们都永远有备案让自己处于不败之地。这就是《孙子兵法》里面所说的："以正合，以奇胜。"永远都有多的预备方案，留到关键的时刻打出去，制胜。

在原始森林中，那些活了很久很久的树，它们无言也无语，日复一日，年复一年地屹立在那里，安静地生长。

在城市中生活的你，如果迷茫了、困惑了，不妨回到大自然中，去看看那些活了很久很久的树，拥抱一下它，甚至什么都不需要做，只是安静地待在它的旁边就好，它们也会给予你关于生活、生命的很多启示。因为：

树，是另一种意义上的人；

人，是另一种意义上的树。

看懂了一棵树的成长，也就看懂了生命的成长。

## 不做赢家，做玩家



我们从小就被告知：

这个世界，成者为王，败者为寇。

赢了的人，赢了天下；输了的人，一败涂地。

我们的身边处处都充满了“输赢”之争：比分数、比工作、比收入、比房子、比车子、比另一半，等等。那些在职场和婚姻过得比身边一般人更好的人，往往被冠以“人生赢家”的桂冠。为了赢，人们铆足了劲、削尖了脑袋一味地往高处爬。

在20多岁的时候，我总是想要“赢”。有次我回头去想，什么时候开始，我在生命中种下了“要赢”的这颗种子？回忆中，我看到读初中时的一幅画面……

读初中时，我很喜欢的一位地理老师在课堂上提问：“有谁知道，世界上海拔第二高的山峰叫什么名字？”台下一片寂静，我们在脑海中不断搜索答案，但是找不到。

地理老师满意地看着大家的反应，继续问道：“那有谁知道，世界上海拔第一的山峰叫什么名字？”

一瞬间，原本寂静的教室立刻热闹了起来，“珠穆朗玛峰！”答案从每一个人嘴中蹦出。老师再次满意地看着大家，缓缓地说出了一段话：“人们只会记住第一名，哪怕你是第二名，仍然会被遗忘，不会被重视。所以，每一个人都要争当第一名。”就在那一瞬间，我的心中就被种下了“要当第一名”的赢家思维种子。

## 凡事要力争第一的赢家

后来离开了学校，我从事媒体行业，进入了很多人梦寐以求的广电集团。凡事力求第一的思维，让我快速在职场中脱颖而出。很快地，写策划案、宣讲方案、做全国性地面活动总导演等机会降临时，领导会在第一时间想到我。我那时看到自己想要的那个前途，已经朝我打开了它的大门。但也是因为太想要赢，害怕输，所以当与我合作的同事没做到最好的时候，我就会心生抱怨：“不给力，扯后腿。”“早知道，就我一个人来做好了。”此外，我总是想着要留一手，要憋大招，关键时刻脱颖而出。

于是，职场之外的某些时候，我感觉到有些小小的尴尬。比如，同事一块吃饭时，很少有人会主动叫上我。除了工作上的来往，他们的圈子，对我隔着一道墙。同事一块出去搞团建时，我也会比较尴尬，因为还没出发，大家就自行找好了各自的玩伴，我像个“壁花小姐”一样，等待别人来组队。有时我会自我安慰：我和大家之所以格格不入，那是因为我追求的目标很高远，他们理解不了。

## 凡事要证明“我是对的”的赢家

这种争输赢的想法，让我在工作中是凡事以争第一来论输赢；在家庭中，就变成了凡事都以争对错来论输赢。

那时我经常在家里跟老公三天一小吵，五天一大吵，不为别的，就是想要“赢”，就是想要证明我是“对”的，他是“错”的。那几年，家里人几乎没有主动想跟我说话的，生怕一句话说得不对，就点燃了我这个“炸药桶”。

都说孩子是父母的镜子，父母是什么样，孩子就是什么样。

不知从什么时候开始，我发现我的孩子特别喜欢当第一名：跑步喜欢拿第一，吃饭喜欢拿第一，玩游戏喜欢拿第一。得了第一名，他就会兴高采烈地直蹦跶。没拿第一名，他就会立刻伤心地哭。有次我跟他玩游戏，我拿了第一，他满地打滚，哭着说：“妈妈不遵守规则。”我在他的身上看到了那个一心只想赢的自己：每当自己拿到第一的成绩时，我总是习惯性地归结于自己能力强。但是当别人拿到第一时，我就会固执地认为，别人是靠运气或者有内幕，自己不甘心、不服气。

看着因为输赢而痛苦的孩子，我第一次产生了不做赢家的念头。我对孩子说："我们来玩一个游戏吧，这个游戏叫作恭喜你！游戏规则很简单，就是在游戏比赛中，无论谁获得第一名，对方都要说：'恭喜，恭喜，恭喜你。'"几次游戏玩下来，他得了第一名，我就开心地对他说："恭喜，恭喜，恭喜你！"我得了第一名，他就开心地对我说："恭喜，恭喜，恭喜你！"这样做的目的，不为别的，只是希望孩子能够在自己得第一名时欢喜，在别人得第一时祝福，并且学会向比自己更优秀的人学习，和他们成为朋友。

我想，这个世界上，除了做赢家、争第一之外，是不是还有别的活法？有一次，我看到国内企业家任正非接受央视新闻采访的视频，他对关于输赢的回答，让我豁然开朗。

任老说："在和平时期，我们从来都是'1+1'政策，一半买美国公司的芯片，一半用自己的芯片。尽管自己芯片的成本低得多，我还是高价买美国的芯片，因为我们不能孤立于世界，应该融入世界。要共同建设人类信息社会，而不是孤家寡人来建设信息社会。我告诉他们，迟早我们要与美国相遇的，那我们就要准备和美国在‘山顶’上交锋，做好一切准备，从那时起，就考虑到美国和我们在‘山顶’相遇的问题，做了一些准备。但最终，我们还是要在‘山顶’上拥抱，一起为人类社会做贡献的。我们的理想是为人类服务，不是为了赚钱，也不是为了消灭别人，大家共同能实现为人类服务，不更好吗？”

活到30多岁的我，重新界定了“第一”的含义——

当我们登上山顶拿到第一，领先别人时，不要拔刀相见，消灭别人，而要相互拥抱。不是成者为王，败者为寇，而是为了这个世界、整个人类的进步而服务。不是为了让更多人记住我们，而是为了帮助更多人进步领先，这才是拿第一名更大的责任和意义。我相信，我们对拿第一的理解，会让我们成为迥然不同的人。

比争输赢更充满智慧的，是共赢。因为输赢靠聪明，共赢靠智慧，没有成王败寇，大家都乐在其中。前者是赢家，后者是玩家。

玩家心态：从对手到伙伴。

当一个人一心做赢家时，他会视所有人为“对手”。

当一个人一心做玩家时，他会视所有人为“伙伴”。

我们的孩子，天生就是玩家。他们满怀好奇，身边的一切都是新鲜的，他们眼中没有偏见和固执己见，所以他们总是能够和不同年龄、不同身份的人毫无障碍地玩在一起，所有人都能成为他们的伙伴。

在玩家心态下，我放掉内心的偏见和对别人的评判，重新认识了每天朝夕相处的同事们，开始逐一看见以前“不给力”的同事身上“给力”的闪光点：“效率不高”的同事其实是扎实稳重，“溜须拍马屁”的同事其实擅长察人心、晓人事，“不按规矩出牌”的同事其实是自带风格敢做自己，“温温吞吞”的同事其实是细水长流，“平时看起来不靠谱”的同事其实关键时刻总能冲上去顶得住，等等。

当一个人愿意去发现身边的美好事物，能真心欣赏和赞美别人时，他就会拥有越来越多的人气。从“我最厉害”到“大家都好厉害”，从“我一个人就可以搞定”到“我们一起就一定能做好”，原本工作时间之外“无人问津”的我转变心态之后，最大的一个变化就是大家愿意主动叫上我参加他们的活动圈子，我们成为了快乐的“伙伴”。

输赢之争，只会让自己与身边人陷入迷雾之中，难以见天日。

而伙伴，则会让自己可以团结更多人，大家在一起“和而不同”，自由又自在。

当我们把追求快乐，变为不仅是一己之乐，更是众人之乐，甚至是世界之乐时，我们就会成为大玩家，跨越一切障碍，玩在一起，乐在其中！

不做赢家，做玩家!

你不一定要漂亮，但一定要有趣

松弛感，是女人最好的化妆品

家族没给你的，阅读可以

如何长出一张『不被欺负』的脸

# PART 2

# 如何活出自己的高魅力值

身体是你的独家博物馆，爱它才是爱自己

在旅行中迭代自己

# 家族没给你的，阅读可以

大多数人都渴望可以站得更高，看得更远。但是其中所需要付出的成本和精力往往让人却步。其实，每一个普通人都拥有这个世界上最方便的、站得更高看得更远的机会，那就是阅读。**阅读，让每一个愿意拿起书籍的人，都有了站在巨人肩膀上看世界的机会。**

在人生低谷时，我开始养成每天阅读的习惯。直到今天，这些年我阅读过的书籍，超过400本。每阅读完一本书，我都可以隐约地感觉到自己身上的某个地方发生了细微的改变。日积月累，那些所有看过的书随风潜入夜般悄然无声息地影响着我。我第一次清晰地意识到阅读改变了我原定的命运，是在一次家族聚会上。

## 有着相同价值观的人，往往有着相类似的经历和命运

对每个人来说，家族聚会是一次很好地自我觉察的机会。我们带着家族烙印走向外面的世界。思想虽然无形，

却是最有力量的武器。一个家族的思想塑造了我们的过去，也影响着我们的现在。如果一个人在走出家族之后没有持续学习，那家族中大部分人的命运大概率就会是他的未来。

那次我们整个家族的成员都回了老家，聚在一起祭祖扫墓。聚会中，我和家族中的长辈聊天，其中一位是我的叔叔，他快到退休的年龄了。记忆中，自从我读书开始，他就带全家去广东进厂打工，直到现在，已经近30年时间了。那天他喝了一点酒，感慨道："我老了。这人呀，越老越不值钱呀。"说完这句话之后，他看着我和我先生，说："还是像你们这样好，有稳定的工作，收入还高，就不用像我们这样辛苦打工。还是要好好上学考个好大学，才能找份高收入的好工作呀。"

我叔叔的这番言论，几乎是我的家族中所有人的共识，我也听过很多亲人说起类似的话，以前并不觉得有什么异常，但是在我阅读过很多书之后，我清醒地体悟了这番言论，并思辨了一番——

"人越老越不值钱"，这是真的吗？

"有份好工作拿份好收入，就能衣食无忧"，这又是真的吗？

**遇到习以为常的观点或事情，我们会按下暂停键反问自己“这是真的吗？”并以此放大自己的清醒感，提升自身的思考力。这是阅读重塑一个人的大脑之后带来的新思维模式。**

在这之前，我对家族长辈的这番言论是一股脑儿地接收——要想以后收入高，生活轻松不辛苦，那必须要好好上学，争取考个好大学，找个好工作，拿份高工资。我不但全部接收，也全部照做。所以当我考上大学找到一份令众人羡慕的工作时，家族里的亲人朋友都认为我是家族之光，我也以为我会比家族里面的其他人过得更好。事实上我的确也是比他们过得好一些，但是工作几年后，收入的增加根本就赶不上我的年龄和开销的增加，我发现自己陷入了“穷忙族”的状态——每个月除去生活开销后收入所剩无几，为了更高的收入逼着自己忙得像个陀螺，停不下来，也不敢停下来，因为一停，就没了收入。

我对这种经济窘境很困惑，想不明白为什么。后来在阅读的众多书中我找到了答案。从个人生存模式上来说，我与家族里其他人的生存模式是一模一样的。无论是我这样的白领，还是我叔叔进厂打工，或者是我其他亲人种烤烟，本质上都是一样的，用的都是“一份时间获取一份价值”的生存模式。唯一不同的是我的工作收入比家族里面其他人高了那么一点。有次当我无意中说出家族长辈经常提的那句话“人越老越不值钱”时，我突然意识到自己已经陷入家族命运的轮回之中。

有着相同价值观的人，往往有着相似的生存模式、困境乃至命运。在我的家族里，大家拥有相同的价值观，有着相同的生存模式——“一份时间获取一份价值”。大家也遇到了相同的困境——人越老越不值钱。随着年龄的增大导致体力、精力的下降，人能够用来产生价值的时间变得越来越稀缺。这种家族价值观让我在30岁左右时第一次狠狠地撞了南墙——那时我身上加起来的所有积蓄不够两万。这份痛苦让我调头走向了另一个方向——阅读，在阅读中寻求出路。

## 每阅读一本书，就多看见一种新的人生可能性

阅读的好处在于，每一本书都如同一扇任意门，打开它，你就可以任意穿梭不同时空，跟古今中外的智者隔空对话，聆听他们耳提面命般的悉心教导。在阅读中，我不但知道了我和我的家族是在使用“一份时间获取一份价值”这个大多数人使用的生存模式，还第一次知道了“一

份时间创造多倍价值”这种少数人使用的生存模式。这些新认知完全打破了我旧有的家族生存模式。

如果说，拿起书的人是在阅读中获得新知、重新看世界，那放下书并去思考的人就是用从阅读中获得的新知重新走进世界。

我不停地思考，不断地发问：如何才能将一份时间产生一份价值升级为产生多份价值？后来我找到了答案，那就是分享。我将自己每天做的事情，通过互联网平台分享出去，这是普通人升级生存模式的最简单有效的方法，也是这个时代给予每个普通人最大的红利。于是我在日常生活工作中找到了值得分享出去的三件事：第一件事是工作。我每天都在工作，每个月获得一份工作收入，这是“一份时间获取一份价值”的生存模式。但是如果我可以每天工作完之后，把每天在职场上遇到的好事坏事进行思考复盘，总结心得经验和教训并分享在社交平台上，让更多人看见，那不仅只让我一个人获益，而是有更多人获益，那我的一份时间就产生了多份价值。第二件事是阅读。五年前我就开始养成了每天阅读的习惯，这个习惯让我每年至少可以读完80本书。这件我每天都在花时间坚持做的事情，让我自己获益颇多，但是如果我能够把一个人看书的这一份时间，变成和10个、100个、1000个甚至10000个小伙伴一块看书的时间，那这一份时间产生的价值就会扩大成10份、100份、1000份甚至10000份价值。第三件事是亲密关系。我把那些平日里和老公、孩子相处的方法和心得分享在社交平台上，给予在亲密关系方面有困惑的人启发和帮助。

坚持分享这三件事，让我为多年持续内容输出累积了很好的受众信任感。还记得我人生中第一次受邀做演讲沙龙，分享的就是成年人阅读的一些方法和心得。那次演讲近100人付费报名，算是正式启动了我“一份时间创造多倍价值”的生存模式，一份时间产生了近百份价值。我终于在31岁那一年，第一次用了另一种新认知挣到了“新”钱。这个新认知，不是从家族袭得，而是从阅读中习得。这一个认知差异，让我开始跟家族里99.9%的人所走的路都变得不一样。

## 在阅读中所看到的一切，都在塑造你的新世界

阅读带来新知，新知不但带来“新”钱，新知还会让一个人看到新的可能性，塑造一个人的新世界。

有次一位学员找到我，向我求助。她告诉我这些年她

一直深陷在一段不健康的感情中无法断舍离，自己明明知道那段感情无法修成正果，却因为害怕影响工作收入而迟迟不肯退出，不断犹豫和徘徊。这种巨大的内耗拉扯让她患上了中度抑郁，不得已来向我求助。

详细了解了她的工作内容、收入情况之后，我发现她这些年来像抓救命稻草一般紧抓不放的工作收入其实并不高，相反如果她放弃那份工作或许会有更高的收入和更多的可能性。我向她分享了我在书中学到的个人生存的三种模式：

第一，一份时间只能获取一份价值。

第二，一份时间能够创造多份价值。

第三，购买别人的时间再卖出去。

她之所以把原本不高的工作收入当作救命稻草一般紧抓在手中不放，是因为她从她的家族里只看到了“一份时间获取一份价值”的生存方式。但是在跟她详细沟通之后，我发现她完全可以把个人的工作能力借助互联网平台进行放大，从而把个人的生存模式升级到“一份时间创造多份价值”的方式。甚至她还可以整合这些年在工作领域中累积的人脉资源，相互合作共赢，开发“购买别人的时间再卖出去”这种个人生存模式。这样一来，她就从单一的生存模式转变为多元化生存模式，新的收入和可能性都会因此而大幅度提高，她完全不用因为担心工作收入而把自己绑在一段不健康的情感关系中。最后我对她说："你要学会明白，现在得到的这些，可能是以牺牲更大的可能性为代价。所以一个人要看到更多可能性，才能让自己不在蝇头小利前耗费太多的心力和时间。多阅读，因为只有看到更多可能性，才会创造更多可能性。"

事后她告诉我，"只有看到更多可能性，才能创造更多可能性"这句话给了她很大的冲击力，也让她下定决心对过往不健康的情感关系断舍离，重新开始生活和工作。

看一本书的人生和看一百本书的人生是完全不一样的。看一本书的人生如同你站在一楼，你看到的更多是人生的一地鸡毛和细枝末节；看一百本书的人生如同你站在一百层的高楼，你可以看得更远和看到更多的可能性。美好的人生其实并不完全跟钱有关，它跟一个人的见识有关。当属于你的机会来临时，你要让自己有足够的见识，帮助你做出正确的选择。

如果有人问我成长中最重要的事情是什么，我会回答是阅读。过往阅读的那些书籍，在某个节点，让我脱离了家族里某种既定的路线，朝着更多可能性走去，永不回头。

古人说，一命二运三风水，四积阴德五读书。这话一点都没错，如果不持续学习，那家族里大部人的现状，大概率就是我们的未来。但是通过阅读，一个人的认知不断扩容和兼容，价值观不断推倒和重塑。这样的人是无法被“算命”的。因为他的思维时刻在变，每一个新认知都会带他走向一条新路线！

家族没教给你的，阅读可以！

# 如何长出一张“不被欺负”的脸



陈丹青于二十世纪八十年代第一次去纽约的时候，他写下：这里的人都长着一张不曾被欺负过的脸。我第一次看到这句话时，内心一下被击中。从此这句话就深深刻在我心中，无法抹去。

你见过那些长着一张没有被欺负过的脸的人吗？我见过。

我的一位大学同学兼闺蜜，在校时我们是形影不离的好朋友，一起吃饭、上课、旅行。我总是很好奇，她为什么每次在面对跟自己有不同意见的人时，无论对方是同学还是老师，是平辈还是前辈，总是能非常坚定地表达出自己的观点，哪怕这种不同的声音，在我看来，会让对方有些尴尬和不快。她的脸庞总是洋溢着一种狮子座独有的王者气息——自信大方、光芒闪耀。她就有着一张不被欺负的脸。大学那几年，她成为学校里特立独行的存在。

刚进入社会工作的那段时间，每天即使忙完了手里的工作，我也从来不敢主动离开办公室正常下班。因为我害怕，自己的每次“正常”，都被看作是“不正常”。不努力工作会让领导不开心。与我完全不一样的是，跟我同一时间进单位的两位实习生，一到下班的点儿，在完成自己工作的前提下，大大方方地跟办公室里的领导和前辈们打过招呼后，就有说有笑地下班了。

因为羡慕，以至于时隔多年再回想起那个场景时，我依然无比清晰地记得那两张不曾被欺负的脸：阳光肆意、明朗自信。

我花了很长时间反问自己：为什么自己不能像他们那样，直接大方地在上级面前表达自己的想法？在不断地追问之中，我看到了自己内心不曾被看见的一面：我的性格中有“讨好型”的成分存在。

## 不被欺，先不要自欺

古人说：“相由心生。”一个人的外在状态反射了他的内在真实状态。那些内心想要讨好身边所有人，讨好全世界，却唯独忘记自己真实心声的人，渐渐地都会长出一张被欺负的脸。这种被欺负，很多时候并不是来自外部，而是来自自己，来源于自欺。

一个人因为想要讨好别人，放弃自我的想法时，是自欺。

一个人因为别人的不同声音，放弃自我的声音时，是自欺。

一个人因为别人的不同标准，放弃自我的标准时，是自欺。

一个人因为别人的不同喜好，放弃自我的喜好时，是自欺。

一个人因为别人的标准答案，放弃自我探寻答案时，是自欺。

一个人因为害怕做自己，而开始做别人的时候，是自欺。

古人说："自欺欺人。"人总是习惯性地用自己所掌握的经历和经验来看待这个世界。当一个人习惯性地自欺而不自知的时候，他就会用同一套思维模式去对待身边其他人。这时，一个人的自欺，就会演变成欺人。

一次清明节我回老家，遇到亲戚家的孩子。那个孩子几年前我见过，初见时觉得这个孩子身上有股灵动劲儿，俏皮活泼，很讨喜，于是我就记住了这个孩子。

那年我们再见的时候，我差点没认出她来。也就是两三年没见，孩子脸上的灵动劲儿荡然无存，一股戾气和被压抑的感觉浮现在脸上。我正百思不得其解的时候，看到她的妈妈在一旁不耐烦地大声催促她：快点吃！不要磨磨蹭蹭！你看看别人吃得多快！我看了一眼她的妈妈，对方满脸怒气，我顿时明白了。

都说女人在家庭中很重要，女人关系着孩子未来的命运。

我一直鼓励我身边的女性朋友，照顾家人之前先照顾好自己，宠爱孩子之前先宠爱自己，面对自己内心真实想法时，不要欺瞒。因为，想要而又得不到的永远在骚动。那些意难平的点点滴滴，你以为会被自己隐藏得很好，其实它会潜藏在你的内心，会转成戾气、怨气、怒气，慢慢表现出来，迁移到那些比自己弱的人身上，比如孩子。

爱满自溢，你好好爱自己，那些丰盛的爱会如同流水一样，通过你流经其他人，滋养你，也滋养别人。

爱是会写在脸上的，被爱滋养的人，脸上会有一种喜乐的福相。

少一点自欺，多一点自爱。一个人的自爱，是人间最美的四月天，让自己心生欢喜，让旁人感受到温暖和柔情。

如果说，我对大家有什么祝福，那就是——

每个人都能得到自己无条件的爱和支持，忠于自己的内心，敢爱敢恨，坦坦荡荡，可以活得“张牙舞爪”一些，让自己长出一张没有被欺负过的脸。

## 少一点“应该”，多一点“活该”

为什么我们会自欺？因为很多时候，我们活在“应该”的世界里，总有很多“应该”要去做的事情。比如选择专业时，有人说应该选择某专业，因为那个专业收入高，有前途；选择工作时，有人说应该找个安稳的工作，因为有安稳工作的女孩更容易得到好婚姻；选择老公时，有人说应该选择某某样的老公，男人老实顾家会赚钱最重要；成为妻子和母亲之后，又有人说为人妻为人母就要有相应的样子，应该要收收心，好好照顾家庭，教育孩子。

在这样的环境的耳濡目染下，连做自己都有了“应该”的标准：我们应该这样做，不应该那样做。

在读大学和进入职场的前几年，虽然我在所有人面前表现得非常自信大方，但是只有自己知道我是一个内心很自卑不安的人。这份自卑不安是因为我心中有很多“应该”的标准——你看别人逻辑思维那么强，说起话头头是道滴水不漏，而我经常想到什么说什么；你看别人那么会察言观色，让所有人都感觉舒服愉悦，而我不太懂人情世故，没啥眼力见儿，只知道埋头做事。那时我的内心充满了各种“应该”的标准——我“应该”如别人那般才算得上是优秀。在这之下，是无处不在的自我批判——我不够好、不够优秀。这种内心拉扯无限地消耗着我的能量，让我外表自信大方，内心却忐忑不安。

这种“应该”的标准，放眼生活，比比皆是。

一位妈妈有次跟我说起她遇到的令人崩溃的事情。她说：“一早我要为娃做早餐，送娃上学，买菜，收拾房间；傍晚我要接娃放学，回家赶紧做饭，然后带他奔赴各种兴趣班，跟娃共同学习，通过行动不断提升自己的育儿能力；晚上要阅读，提升自己，害怕被落下。”尽管这样的日子很忙很累，但是她会劝解自己，告诉自己这一切都是妈妈“应该”做的，理所当然地认为：“宝妈不都这样吗？谁的生活是轻松的呢？有的宝妈比我还拼呢。”直到有一天，因为连轴转而导致身体过度劳累，不能准时送孩子去上兴趣班时，她自责地当着孩子的面崩溃大哭：“为什么我就不能坚持一下送他去上课呢？”

在“应该”的标准下，多少人小心翼翼地把自己隐藏了起来？戴着面具，一次次的自欺，直到自我崩溃。

我一直觉得，孩子是大人的老师。在孩子身上，我学会了与“应该”完全不一样的活法——“活该”。

“活该”就是我天性就是如此，我就活该成为这种状态，而不是别人认为的那种状态。喜欢什么，不喜欢什么，想要什么，不想要什么，一目了然。

有一次我带着孩子买玩具，孩子一进商店就看中了心仪的玩具，兴奋地对我说：“妈妈，我要买这个玩具。”而我的第一反应是：“这个玩具太大了，家里放不下，换一个。”听了我的话后，孩子眼中因为兴奋燃起的星光黯淡了很多，听话地去挑别的玩具。他挑来另一个玩具，对我说：“妈妈我要买这个玩具。”我又告诉他：“家里有一个同类别的玩具，买一个差不多的多没意思呀。换一个。”孩子看着手里的玩具，叹了一口气，继续去挑，最后挑了一个玩具再询问我的意见，我说“这个玩具一点也不好玩，不要买”的时候，孩子抬起头，疑惑地看着我问：“妈妈，那你说我要买哪个玩具？”那个瞬间，我突然意识到我正在用“应该”的标准扼杀着孩子内心的“活该”。原本孩子是无比清晰明了知道自己喜欢什么，想要什么，面对抉择毫不犹豫、直接果断，直接连接事情的本质——孩子想买的原因是因为他喜欢。但是在外在标准的干涉之下，孩子对自己内心的喜好开始变得有些摇摆不定，无从选择。当我意识到这一点之后，我立刻对孩子说："对不起，是妈妈错了。你喜欢哪个玩具我们就买哪个玩具吧。"孩子惊喜地问道："真的吗？"我回答："是的，你内心喜欢哪个玩具我们就买哪个玩具，你自己做决定。"

这件小事也让我看到，当我们可以跟随自己的内心做决定，少一点"应该"，多一点"活该"，不拖泥带水，可以节省更多的能量，干净利落直达事情的本质，从而有更多的精力去做自己想做的事情。这也是为什么孩子气血旺盛、精力充沛、永远不累的一个原因。

活在"活该"状态下的人，身上有一种独特的腔调——内心不拧巴、不扭曲，自信又通透。当我少了很多"应该"，多了很多"活该"的时候，我跟自己握手言和。我喜欢那个随心而说、随心而行的自己，喜欢异想天开、天马行空时灵感涌现的自己，喜欢不太成熟却灵动的自己。**我爱我自己，无论我是谁；我接纳我自己，无论我是谁。**在"活该"的天性之中，我开始展现出一种怡然自在的状态——我知道我是谁，我知道我的价值所在。

当一个人少一点"应该"，多一点"活该"的时候，他会长出一张不被欺负的脸。

# 你不一定要漂亮，但一定要有趣



在“好看的外表”与“有趣的灵魂”两者之间，你会选择哪样？

美学大家朱光潜曾说：“我生平不怕呆人，也不怕聪明过度的人，只怕对着没有趣味的人。”

我年少的时候，总是希望自己能够长得漂亮，但是现在年龄渐长，我却越来越希望自己能够有趣。毕竟，红颜会迟暮，而有趣的灵魂足以抵挡漫长的一生。

## 有趣，从哪里来？从“无用”中来

如果说，“有用”是实用主义，那“有趣”则是“无用”的浪漫主义。人开心活这一辈子，多多少少还是需要一点浪漫主义的。

教会我这一点的，是我先生。

在我们的第二个孩子刚出生没多久，他就一个人在家门口的荒地忙活开了：每天早上和傍晚雷打不动地开垦荒地、除草、施肥、浇水，每次一弄就是一两个小时。那时正是一年之中最热的季节，我待在空调房里都觉得热。而他居然在户外挖地，忙得不亦乐乎。有一天，他挖了一个多小时之后满身是汗，回来告诉我，他中暑了！

我对他的行为，表示不太能理解，问道："你这么喜欢挖地吗？"他告诉我他要挖地种花，等时间一到，这片荒地就会变成一座美丽的花园，开满了各式各样的鲜花。而他要亲自建一座花园，送给刚出生的女儿！

我很难形容当时他的这番回答带给我内心的触动：难以想象，一个近40岁的中年男人，居然还有这般的热情和趣味！换作是我，我是断然做不到的。毕竟，现在很多人认为自己每分每秒的付出，都必须带来金钱回报，否则就是浪费时间、浪费生命。像他这般劳心劳力花几十个日夜去亲手建一座花园，多少显得有些笨拙、低效又无实际大用，怎么算，都不划算。

都说"上有老、下有小，自己还要谋温饱"是中年人的真实写照，可是为什么眼前的他，眼睛里全是满满的无端欢喜，这份无端欢喜来自对"无用之事"的享受。那一刻，看着他，我的内心禁不住问自己：我们平时是不是太着急了？着急想要去做某件事，着急想要得到答案和结果。但是我们追求的目的根本就不纯粹，根本就没有享受这件事。所以生活才会在着急匆忙之中，丧失趣味。

我们总以为有趣的灵魂在远方，所以总是着急地不断追逐那些没有拥有的未来。我先生用“想要亲自为女儿建一座花园”的行动告诉我，有趣的灵魂不在远方，就在平淡的生活中。如果一个人能在平庸的生活中拥抱自己，便也能在平庸的生活缝隙中捕捉到那些快乐的风影，将细碎的小日子过得趣味十足。

**对“金钱”“快速”“成功”“高效”的过度追求，已经让这个世界越来越同质化，无趣正在被批量复制，而那些有趣的灵魂正在逐渐成为稀缺的存在。**所以活得无趣、不快乐的人越来越多，活得有趣生动的人越来越少。说到底，无趣的人生与有趣的人生其实是两种截然不同的生活态度导致的：前者追求利益最大化，信奉“时间就是金钱”，把世界视为赛道，“不成功便是失败”；后者信奉生活本身就是一场美学盛宴，享受其过程胜过结果，因为对生活过程的享受，所以他们才有时间和闲情发现生活缝隙中琐碎的美。

杨绛写过很多关于钱锺书的趣事，其中最让人印象深刻的是“钱锺书帮着自家猫咪打架”。钱老的猫咪经常跟邻居林徽因家的猫咪打架。钱老害怕自己猫咪吃亏，于是准备了一根长长的竹竿，无论多早、多冷，只要自己家的猫咪一叫，他就会从被窝里爬起来帮猫咪打架。帮猫咪打完架回来的钱老，每次都会被夫人杨绛“教训”一顿，说“猫与猫打架，勿去偏帮，不可伤了和气”。结果钱老口头上答应“嗯嗯好的，老婆说的对”，第二天转身就继续拿着竹竿子悄悄去帮自家猫咪打架。

每每读到钱老的这则趣事的时候，我一边捧腹大笑，一边心生感叹：儿时的有趣，是天性。长大后的有趣，则是一种选择。不少人在成长中，权衡利弊之后自愿放弃了生活的趣味。而有人在成长中，依然胸怀赤子之心，对生活中的趣味视为珍宝。

## “无”比“有”更强大

某个新年，我在玉龙雪山下做了一个梦。醒来的时候，那个梦境的具体内容我已经不再记得，但是梦境中的一句话如同神谕般，一直留在我的记忆中——“无”比“有”更强大。

这句话出现在我的世界中时，我一直不太能够理解它的含义，因为在我们习以为常的惯性思维中，“有”才是力量的象征。直到我在北京的一个画展中看到了一幅画，一下就明白了这句话的真意。那是一幅很简单的画，你站在远处欣赏的时候，一眼就会看到画中那只黄色的蝴蝶。那只蝴蝶的颜色过于耀眼，以至于一下就吸引观众的所有注意力，除此之外，画布只剩一片黑。但是当你靠近、再靠近那幅画时，那幅画的美妙才得以展现出来：你的眼光会从那只耀眼夺目的黄色蝴蝶上挪开，看到在那片一开始就被自己忽略的黑色画布上，有一只、两只、三只，无数只黑色蝴蝶。

在那幅画前，我呆呆地站了好久。我看着它，它也看着我，就如同我看着我的生活，我的生活也看着我。太多时候，我们心心念念想要拥有的那一切，多么像那只耀眼的黄蝴蝶，占据了我们所有的注意力和精力，让我们忽略了自己从未曾留意到的那些黑蝴蝶。明明黑蝴蝶那么多，多到数都数不清，它们聚在一起就是一片巨大的海洋、一个浩瀚的星球、一处无垠的宇宙。

我站在那幅画前，分享自己的感悟——当我们在一心追逐心中的那个“有”时，我们是不是也会忽略掉很多眼前的“无”。

距离那次看画展的事情过去很久之后，我突然收到一条信息，给我发信息的小伙伴曾跟随我一块去看了那个画展。她在信息中写道：

“成人的世界里，只剩下一部手机。而孩子的世界里，却有一片广阔的天地。有时候所谓的长大，其实会不会是一种窄化。端午节放假，我午休时躺在床上，忽然想起那年年底你带我们去看的艺术展，当时你指着其中一幅画对我们说：‘你们看这幅画上有什么？’所有人都聚焦在那幅画的黄色蝴蝶上。于是你又继续提示我们：‘除了黄蝴蝶，还有什么？’这时我才有点察觉，原来这幅画里还有更广阔的部分被我们忽略了。只因为那些地方被涂黑了，于是我们就只盯着那只黄色的蝴蝶看。你继续又说道：‘那只黄蝴蝶像不像我们生活中的追求？比如房子、事业、老公、孩子……我们的生活中，似乎被简化到只有这么几样东西，所有人都在拼命地为了这几样东西竞争、卖力、攀比……’”

她告诉我，看到那幅画，听到我的感悟的那一刻她有种被炸醒的感觉。于是当她在现实生活中有所困惑的时候，她就会想起那幅画中的黄蝴蝶和黑蝴蝶来帮助自己化解心中的困惑，可以与平凡的每一天握手言和。

车子、房子、票子等目标，是看得见的黄蝴蝶；那些清晨的阳光、土地里的蔬菜、花瓶里的鲜花、明媚的笑容、爱人的温柔、孩子香甜的吻、身边的朋友、有趣的人儿、无所事事的闲暇、无用的爱好等，都是看不见的黑蝴蝶。这些黑蝴蝶，虽然容易被忽略，然而最持久；看似最无用，然而有大用。

有趣是什么？如果说现实生活是一座迷楼，那有趣就是一对翅膀，可以帮助我们飞出迷楼。**如果说现实生活充满了各种现实主义，那有趣就是浪漫主义，是你内心某刻想要“叛逆”的生命力。如果你被有趣的事情召唤，想要飞起来，那就是有趣带给你的力量。**

生活百无聊赖，是因为人百无聊赖。

生活趣味十足，是因为人趣味十足。

祝你我，拥有一个有趣的灵魂。

# 松弛感，是女人最好的化妆品

我曾被问道："用什么样的化妆品能让自己看起来更美？"我答："松弛。"然后我又被问道："怎么样才能让自己松弛？"

想知道这个问题的答案的女生，是我的一个朋友，毕业于国内名牌大学，靠着真诚的性格和出众的能力，把电商事业做得风生水起。但是她不快乐，满脸焦虑。

她向我问这些问题的时候，我还蛮意外的，因为在大多数人眼里，她很成功。她向我描述她的生活——虽然公司做得有声有色，但是她每一天都紧绷着，因为太过用力，仿佛每一天都在过度消耗，感觉自己特别累。每天起床，看着镜中的自己，她总觉得脸上无论用多少昂贵的化妆品，都无法遮盖厚厚的疲倦感。

我问她为什么想从我这里知道答案，因为我也不是很美的女生，对化妆品也不是很有研究。她说，因为我松弛，脸上有一种安定的自在，皮肤里是闪着光的。

是的，对我而言，松弛是我的生活信念，也是我希望自己能一直达成的状态。如果经历过生活的毒打，你就会明白，一个人的松弛感并不是天生的，而是一个人在时间的长河里不停地与这个世界肉搏后，找到了最适合自己的生活方式，开始不受控于外界，与自己握手言和。一个人历经世事之后，不再被外在的标准所绑架，敢于为自己所想要的一切而努力，以及对这一切的结果负起百分之百的责任，拿得起，放得下——能拿起心中的欲望，不断尝试体验，不负自己；体验过后，放下多余的杂念，选择最想要的活法，从此心无旁骛做自己。自此以后，你的每一天，都是“正合心意”。

有次我跟一位做知识IP的朋友聊天。这位朋友很好奇，她认为以我的个人能力，应该获得更多的粉丝。于是她好心建议我，应当更努力地“营业”、直播、输出、吸引粉丝，这样就会有更多的粉丝和更出圈的知名度。毕竟别人不睡觉熬夜加油开干的时候，我每晚十一点就早早地上床睡觉休息。在这位朋友看来，相比于大多数人，我还是有很大的“进步空间”的。

面对她的好奇和建议，我告诉她为了获得刚才她所说的那一切，追逐风口和红利，自己曾经有几年时间，一门心思全放在工作上面，付出很多的努力。一个人所付出的努力里面，不仅仅是看得见的行动，还有看不见的心力和气血，以及自己安静独处和陪伴家人的时间。努力过后，我得到过，但是也付出代价——身体的健康。

当一个人为了心中所想，全身心付出，最后到达目的地时，会发现早早在那里等待着我们的，还有一座天秤。天秤的一边是得到，一边是代价。秤杆上清楚地写着几个字——有得必有失。看清这一切之后，一个人就会明白，自己要拿走什么，要放下什么。

我告诉那位朋友，现在的这种活法，是我在努力尝试过各种活法之后，所选择的最适合我的个性和节奏的活法。虽然节奏比以前慢一点，结果可能也来得慢一点，但是它让我“所想成为之人”“所爱之人”以及“所爱之事”三者兼得，更具有可持续发展性。而别的活法或许看上去更高明，能拥有更高收入，但是并不适合我这天生略带散漫的性格。

一个人的松弛感，来自弱水三千，我只取这一瓢。接纳自己，并且选择让自己怡然自得、心无遗憾的生活方式，从此，对生命中所有的一切抱着顺其自然的心态，“得之我幸，失之我命”。

## 信任和允许一切的发生

我在很小的时候，无师自通学会了一种自我暗示法。初中时的一个暑假，我的父亲带我去南岳爬山，在南岳的一座寺庙里我抽了一支签。那是我人生第一次抽签，居然抽中了一支上上签。那时我刚读初中，面临着非常多的不安：不确定自己的未来怎么样；不确定自己能否考上大学；不确定自己能不能走出那个小县城，去外面看更大的世界……众多的不确定充满了我的内心。但是很奇妙，年龄尚小的我在那一年夏天抽到一支上上签之后，开始不断地告诉自己："我是一个幸运儿！我是一个幸运儿！"再后来，当发生一些好事时，我就再次告诉自己："你看吧，我说了我是一个幸运儿吧。"听起来挺可笑的，但是人活着，不是就靠着心中的相信吗？一开始这句话是我的一种自我暗示，后来说得多了，就变成了我的一种信念。它让我信任自己，带着勇气在这个充满未知的世界中横冲直撞，然后又带着美好的期盼笃定地争取自己想要的未来。

我想你一定见过这样的一种人，他们的身上有着一种很安定的松弛感：**无论眼前发生什么事情，他们既不紧张，也不害怕，面对所有的一切，总是一副"进退有度、**

松弛有道"的模样，仿佛一切都难不倒、困不住他们。有人说，是因为这部分人自身能力很强，所以才能保持这样的松弛感。其实这只是其中一部分，更重要的因素是面对充满不确定的外在世界时，"信任"是他们的定心丸。这种信任，不仅仅是来自他们对自己的信任，相信"我是一个幸运儿"，更是来自他们接纳一切好的、不好的事件，相信"一切都是最好的安排"。后来我看到木心先生的一段话："一个人能否成大器，主观因素最重要，被人忽略的是信心、是信念。天才幼年只有信心，没有计划。天才第一特征，乃信心。信心就是快乐。"你看，一个人的松弛背后，是由莫大的信心所支撑的。

很多人告诉我，在焦虑迷茫的时候会去看我写的文字、去听我分享的音频。他们说我的文字和声音能够帮助他们消除焦虑，获得一种安定的松弛感。他们想知道我很少焦虑的原因。其实很简单，就是把自己完全打开，信任生命本身的安排，然后接纳和允许一切的发生，对未知的一切不带任何敌意，这就会让人松弛。

松弛一点去生活，不用时刻都在意自己能够得到什么，不用紧绷着神经，要求自己像个无坚不摧的钢铁战士。生活不会因为你辗转反侧、难以入睡而变得更好，未来不会因为你的诚惶诚恐而发生任何改变，命运也不会因为你无故的焦虑而停下脚步对你稍加照顾。**放轻松一点，松弛一点，接纳和允许一切，给生命一条出路，也给自己一条生路！**

我很喜欢跟那些容易充满焦虑的朋友分享一则真实的故事：有一家人出门旅行，结果到了机场才发现小孩子的证件过期无法登机，于是妈妈就带着孩子回家了。但是因为所有行李都在妈妈名下，全家人所有行李都被机场退掉，导致其他家人只好空手出发旅行。在整个意外发生的过程中，一家人竟然没有一丝的抱怨指责，全程都非常淡定和顺其自然，就像发生了一件普通得不能再普通的小事。

这个故事曾在网络上引发热议，很多网友纷纷留言表示羡慕。很多人说如果自己是那位妈妈，估计早就被家人责备——没有提前准备好孩子的证件；会被抱怨——不能全家人一起旅行，责备和抱怨会引发更大的责备和抱怨，最终这次旅行会不欢而散。但是，这一家人面对这一切时，居然就像什么都没有发生一般！太幸福了！我想这一家人之所以被这么多网友羡慕，就是因为他们在各种意外发生时，接纳、包容所有事情的发生，放下攻击性和戾气，带着松弛的态度面对所有好的与不好的。

是呀，生命就是这样，有好有坏：如果发生的是坏事，清风拂山冈，明月照大江；如果是好事，则是生命的礼物。放轻松，享受所有，无论好的还是坏的。**只要你接纳和允许所有的好事与坏事，那些事情就会变成我们生命的养分，化戾气为喜气、化攻击为圆满，日子久了，内心的喜气和圆满就会长在一个人的脸上，让我们呈现出年轻喜乐的状态！**

# 身体是你的独家博物馆，爱它才是爱自己

你可曾细心打量过你的身体，观察它是一种什么样的模样？你可曾熟悉你的身体，了解它是处于一种什么样的状态？你可曾闭目观照过你的身体，感受你与它之间存在的某种感应？你可曾安静聆听过你的身体，倾听它对你诉说的话语？你可曾花时间跟你的身体好好相处，了解它运作的方式？或者，你可曾真正爱过你的身体？

要做到真心爱自己的身体，对大多数人来说，并不是一件容易的事情。至少对两三年前的我来说，我也没做到。那时，尽管我嘴上不说，内心却充满了对身体的不满和抱怨——不满体形的臃肿和满身松垮无力的赘肉，抱怨身体不够优美。每天洗澡我总是避开照镜子，不愿多看自己一眼，怕增添更多的厌恶。内心对身体的排斥，让我和身体处于对立隔离的状态。身体对我而言，只是一具躯体，别无他用。俗话说“种瓜得瓜，种豆得豆”，这个普世因果定律同样适用于一个人与身体的关系之中：你给出

什么，便得到什么。你给身体以漠视，身体便封印了所有的精气神，给你一具无精打采的躯体。

## 解除“封印”，身体“苏醒”

身体被“封印”最明显的特征是：整天昏昏沉沉无精打采，提不起兴趣，即使想做点什么事，也是有心而力不足。身体一旦被“封印”，人做事情就容易拖延。几年前我有典型的拖延症：做事情总是想推到最后一秒才起身去做；每天早上闹铃响起，从床上坐起，犹豫一下，又躺下去继续睡；我一边对自己说，不要偷懒呀，不要拖延呀，一边又昏昏沉沉的，行动力下降。一个人的拖延，有时是因为身体能量不足，有心无力。

为了解除被“封印”的身体，我开始在日常生活中做好三件小事：一是好好饮食，二是好好睡觉，三是坚持运动。好好饮食和睡觉，是在蓄积身体的能量；坚持运动则是“野蛮其体魄”，提升身体的精气神。尤其是运动，它是解除身体“封印”的一剂强效针。于是，我在众多健身运动项目中选择了适合自己并且能够长期持续的运动项目——瑜伽，保持每周至少三次的运动节奏。当初我选择练瑜伽只是想锻炼身体、充盈气血通经活络，但是长期练习下来，我发现瑜伽不仅仅是一项运动，更像是一种古人的练功，不会让人变得多么厉害，却能帮助人回归如常，帮人回到当下，恢复对身体的觉知，让人更稳定、更自然。在呼吸之间，在静默之中，我开始学会与自己的一肤一肌好好相处。这些静默时光，会释放女性生命中最璀璨的内在之光。

在运动中，身体开始“苏醒”。在一次瑜伽练习中，我脑海中冒出了一句话：“我的身体是安静的。”那是一种很奇妙的感觉，我看着镜中的身体，第一次用欣赏的眼光打量它，像欣赏一座山般欣赏它：安静、有力、沉稳。同时，它是活的，是“苏醒”的，呼吸就像是山间的溪流，正缓缓地、静静地在我的身体中游走，如同山泉水从山间流淌而过，发出哗哗的声音。而这声音，如同天籁，你如不定，便不能闻。

日复一日的运动如同一把雕刻刀，把赘肉雕刻成线条，把无力雕刻成张力，把无神雕刻成精神，把松垮雕刻成气势，把臃肿感雕刻出空间感！在运动之中，身体变成了米开朗基罗手下的大卫，呈现出原本的美感：流畅、灵动、健康、茁壮、力量与柔美。运动了两年之后，我再次站在浴室的镜子前看我的身体，心中不再是排斥和厌倦，有的只是欣赏和赞美。

美好和健康给我带来了一种治愈力，我意识到自己以前对身体的漠视和厌恶是多么的暴殄天物！我们的身体简直就是一件顶尖级的艺术品！而**身体也懂得知恩图报，你给它欣赏，它便解除“封印”、复苏觉知、分泌多巴胺，呈现野性快乐的模样。**

有次下班回家，我在路边等车。车到的时候，我无意识地一蹦一跳地跑向那辆车，步伐像个孩子一般轻快。等在车里坐定的时候，我才意识到刚才自己居然在蹦蹦跳跳！这般动作很多年不曾出现在我身上，它让我意识到，现在的我很快乐！准确地说，是现在我的身体很快乐！快乐得像一只飞鸟！它不再沉重无力似巨石，而是轻盈自在似飞鸟。因为轻盈，所以我带着我的身体在山间、在田野、在球场、在高原上嬉闹、奔跑、舞蹈，感受随性与自在。在快乐与野性之中，我感受到身体不是一串体重数字，它是一首诗，一串音符，一个梦，以及一件艺术品。最重要的是，它是有感觉的，是跳跃的、轻盈的，喜乐美好、有生命力的！

## 你是什么样，你的身体就是什么样



我曾观察过身边一些随着年龄增加，容颜开始失去光彩的女性。容颜开始变得黯然无光彩，大概率是因为内在的负面情绪得不到正确地释放或者稀释，内在的真正渴望又求而不得。这些得非所求、求而不得的情绪，你以为你会忘记，会消失，其实不会。它会沉淀在一个人的身体之中，融入血液和细胞之中。

有一位学员曾对我说，因为性格的原因，她总是优先照顾别人的情绪，把自己的需要排诸脑后，不管是对家人、朋友、同事。她总是做得很多，却甚少有人注意到她的付出。所以，她连最基本的诉求——别人的好评，都得不到。没有人察觉她的心情，更没有人对她称赞，于是，在日复一日的辛苦中，她感到越来越委屈，不快乐。她说，很多人不顾及自己的情绪，以为自己不重要，但是当你长期忽略自己时，不只在你的内心，更在你的身体里，会写满不如意。现在，她都不敢看镜中的自己，因为脸色暗黄，眼睛里没有一点光芒，曾经内心里最渴望自己活得朝气蓬勃，到头来败给了生活，也败给了自己。

青春转瞬即逝，爱自己的人会全身光芒；不爱自己的人，身体里也留下了苛待自己的痕迹。因为身体就是我们每一个人的博物馆，它用一肤一肌、五脏六腑、气血经络去记录发生在我们身上的所有事情、境遇。这座独家博物馆真实地记录了曾经被付出的生命、被接收的喜悲、被吸引的光芒以及被疗愈的岁月。我们的肉体在记忆，骨骼在记忆，关节在记忆……这些记忆，化成了我们最终的使命，诠释了我们活过一生的意义。

所以，你过得好不好，你的身体最知道。如果一个人是快乐的，他的身体也是快乐的；如果一个人是轻盈的，他的身体也是轻盈的；如果一个人是野性的，他的身体也是野性的……

所以，请给你自己几分钟，静默片刻，感受一下此刻你的身体是什么样的，也许你就读懂了你的生活，读懂了你的喜悲。

有次我受邀做视频直播，一些认识我好几年的老会员看到我在视频中的状态，纷纷留言告诉我说现在的我状态很棒，轻松自在而且充满了精气神。而这些转变来自近些年我的新体验——像爱护婴儿一样，爱护自己的身体。用新鲜营养的食材喂养身体，用优质充足的睡眠滋养身体，用适合自身的运动唤醒身体。“天地万物之中，凡是被人喜爱的，都会用最好的一面来回应。”你为自己的身体所倾注的爱，它会一直陪在你的身边，时刻为你提供能量。当你能量充沛时，你会越来越爱自己。试问，谁不爱那由内而外绽放光芒的自己？

除了这些，我还养成了一个新习惯，就是每到年底会给自己拍一张照片，以此来对比过去这一年的时间中，身体发生的变化：有没有更和谐？有没有更朝气，更喜乐？

我很在意身体的外在呈现，因为身体和谐意味着内在和自己握手言和。当一个女人，内外皆有力量时，整个人内外都浑然一体，她时刻都有一种脚踩大地的稳定感，以及跟天地万物连接在一起的灵动感，这种感觉会让人觉得“我是被眷顾的、被呵护的”。

这种稳稳的安全感会让你拥有更大的勇气和力量，你从此不再害怕，因为你的内心会滋生更多的力量。你会相信，纵使失败，也不过是带走一个旧我，而新我，会让你成为更好的自己。

# 在旅行中迭代自己

旅行，在100个人眼中，有100种不同的意义。有的人旅行是为了用脚步丈量脚下的土地；有的人旅行是为了看更多的风景；有的人旅行是为了打卡拍照发朋友圈；有的人旅行是为了见更大的世界。

有人说，旅行是一座移动的学校。如果真是那样，那我一定是一个在课堂上昏昏欲睡的学生，否则这座学校不会用各种各样的发问，给我敲响“警钟”，直到我醒来。

## 人生是愿力重要还是业力重要？

某个农历新年，我和老公乘坐飞机前往拉萨旅行。我是一个特别喜欢在飞机上睡觉的人，我曾经在飞往荷兰阿姆斯特丹的航班上，一连睡了近16个小时。这次也如往常一般，登机之后，我直接闭眼就睡着了。不知道睡了多久，我开始感受到一阵持续的颠簸，以为是常见的气流，过一会就会平息，所以也没有在意。可是那阵气流并没有如我想象中那般过一会就平息，反而是持续颠簸，而且幅度越来越大，直接把我从睡梦中惊醒。

我感到害怕，手心开始冒汗，开始四处寻找飞机上的工作人员，仿佛只有看到他们，内心就会安稳一点。结果，因为气流颠簸严重，客舱里面已经停止了所有的服务。飞机到达喜马拉雅山上空时，再次遇到更强的气流颠簸，我坐在座位上居然被摇晃得有些东倒西歪。更可怕的是，客舱里已经开始有人因为受不了过山车式的颠簸而尖叫，而我在经历飞机突然下坠那一刻时，心跳几乎停了半拍。我看着旁边的老公，内心更恐慌了：孩子还小，如果我们发生意外，那该怎么办？

一个人陷入恐慌的时候，平日里度年如秒的时间开始变得度秒如年。那样一段让人害怕又无助的时光，放在当时，怎么熬，都感觉时间过得太慢，而紧张害怕如海水一般，一层又一层涌来，让人窒息和失控。

**人，在面对未知的时候，总是习惯性地恐惧。**其实，面对未知而选择恐惧，有时不是因为懦弱，而是因为很多人不知道还有别的选择。其实我们还有别的选择，那就是选择信任。这个世界上，总有一些人以一种坚定的信仰去对抗巨大的未知和恐惧，在一片混沌之时开天辟地，仿佛走在宇宙之前。

在飞机持续遭遇强气流颠簸的时候，我开始转移自己紧张的情绪，在心中默念各种经文咒语，祈求神明保佑，渐渐地心生一丝安定的力量。后来我不光替飞机上所有人祈愿，也替世界上所有需要乘坐飞机的人祈愿，祈祷平安。

这样一转念之后，我意识到情绪上很奇妙的转变。为自己祈愿时，我心里会有害怕失去的情绪。但是为众生祈愿时，我的内心升起了一股强烈而坚定的责任感，这份责任感会让我更安稳和更有力量感。

那是一种什么感觉？电影《中国机长》中机长的原型刘传健在一次采访中被记者问到，当他发现飞机出现巨大故障、生死悬于一线，他的想法和当下的心情是怎么样的。刘传健说自己当时顾不上害怕恐惧，心中只有一个强大的信念——尽自己最大可能，保护好飞机，保护好机上人员。

这是刘传健作为机长的“愿”，而正是这一份“愿”，让他在零下四十多度、极度缺氧的极限条件下，突破了人体极限，做出了三十六个正确的选择，将不可能变成可能，安全将飞机降落在成都机场上。

梁冬在《处处见生机》这一本书中，写道：“人生是愿力重要还是业力重要？这没法思考，只能选择。在不知道该怎么办的时候，用愿力可以有更好的定力。”

愿力有着强大的疗愈力，就如同你的面前有一个牵引你向前的力量，即使前途漫漫，不知归路，但是为了心里的那一点光，你依然鼓起勇气前行。而这个道理，是拉萨的高空之旅教会我的。

当恐惧和害怕裹挟着你，让你无法呼吸和前进时，不妨想想这个世界上还有一群和你一样在经历着恐惧和害怕的人。一旦你朝着光迈出自己的第一步，你背后的光，将会成为让他人走出恐惧和害怕的力量。

## 走大多数人走的路还是少数人走的路？

某年国庆节，我选择去呼伦贝尔旅行。呼伦贝尔因为大草原而让人心驰向往，每年的七、八月是它的旺季，九、十月则是淡季。淡到什么地步呢？淡到我们那次旅行结束，呼伦贝尔的景点就要全部关门，准备休息过冬了。

我去过呼伦贝尔好几次，但是选择淡季时过去，还是第一次。而这样的错峰出行给来过好几次呼伦贝尔的我带来不一样的视觉享受。

绿油油的大草原、风吹草低见牛羊已经是游客心中对呼伦贝尔固有的想象画面。先入为主的固有想象会在一定程度上左右一个人的选择，所以大多数人会选择在夏天七、八月的时候来到呼伦贝尔。

**做大多数人做的决定，走大多数人走的路，只会看到大多数人看到的风景，过大多数人过的人生。**这个道理，是我最近这几年才慢慢领会到的。

在大多数人固有的认知中，秋天的呼伦贝尔会很冷，而且草原的草都已经枯萎，这个时候去呼伦贝尔是不是傻？其实大多数人可能不知道的是，草原的草虽然已经枯萎，呼伦贝尔的森林却换上了金灿灿的外装，放眼一看，层林尽染。景色之壮观，若非亲眼所见，人们将无法领略其中的美。

大家以为内蒙古畜牧业发达，其实内蒙古的农业名列全国前茅。因为这里有着得天独厚的自然条件——黑土地、充分的光照、一年有数十天无霜期等，这都让内蒙古发展出现代化先进的农业条件。

作为世界巨富家族，罗斯柴尔德家族向子孙口口相传的一句话就是："让自己永远处于信息的中心。"因为只有这样，才能保证信息的及时性、准确性和稀缺性，以此来帮助人做出正确的决定。

试想一下，如果我没有在人潮褪去的时候来内蒙古，没有听生长在这里的人跟我说起内蒙古，那我对内蒙古的印象会一直停留在“天苍苍，野茫茫，风吹草低现牛羊”的阶段，而忽略了这块土地的其他美丽风景。

错开人潮汹涌，让自己更接近现场，接近第一手信息资源，接近真相，可以帮助自己更好认识世界的真相。

走大多数人走的路，还是走少数人走的路，这是个选择。

避开人潮汹涌，走少有人走的路，看少有人看到的风景，采集少有人得到的信息，这是秋季的呼伦贝尔大草原旅行教会我的。

下次有机会的时候，你不妨试走一下少有人走的路，看看自己有什么不一样的收获。

富裕，属于口袋里装满快乐的人

钱要怎么花才够爽

是什么在阻碍你变富有

找到你的天赋，用天赋创造财富

# PART 3

# 用天赋创造财富

别人问你的问题是一座金矿

演讲和写作的技能，都是“活”出来的

# 是什么在阻碍你变富有

绝大多数人都有一个想变富有的梦想。不管是短视频还是公众号文章，只要跟“如何变富有”相关的内容，都会成为“流量密码”。有的人觉得，想变富就要很努力，唯有付出才能换来回报；有些人却不管怎么努力，都得不到自己想要的。那到底变富是需要苦干，还是要相信一切所得皆有命运安排？我想先给大家讲两个故事。

第一个故事：有一次，我刚做完一个分享，就收到一位听众的留言。那次分享的内容是关于如何找到自己的天赋和用天赋创造财富，这位听众说她在听我分享的时候，脑海当中冒出了很多灵感和想法，可是下一秒就觉得不现实，太难实现，所以她的灵感和点子就都被扼杀在了头脑当中。我鼓励她可以对自己自信一点，大胆一点，先去做再说。她回复道：“我觉得自信是建立在能力之上的，能力不够却要告诉自己要自信，要去行动，这难道不是自欺欺人吗？我还是等到能力足够优秀的时候，再行动吧。”

第二个故事：我的一位个案学员——长春，是一位6岁孩子的妈妈。她因为家庭经济压力很大，所以来找我咨询如何找到自己擅长的事情，可以提升收入，缓解家庭经济压力。经过一番详细的沟通，我快速地帮她梳理好接下来她可以立刻开展的副业路线。我告诉她，如果按照我说的方式去坚持输出，增加收入是完全没有问题的。关键是：你需要立刻马上去行动。

大多数人，当面对新的机会来临时，大概率都会问："我行吗？我可以吗？"

果然，在听完我的建议之后，长春非常兴奋，同时也有担忧，她问我："我行吗？我可以吗？"她说之前她也想行动，去改变自己，但是总觉得自己准备得不够好。因为她从小就长得很漂亮，身边人给她很多夸奖，父母怕她骄傲，就经常对她说："你长得很一般，你还不够好，你不要骄傲！"父母的话，如同一道紧箍咒，每当身边人给她夸奖时，她的本能的反应是："真的吗？他们说的是真的吗？我真的这么好吗？不会是真的吧，我还不够好，不够完美，所以我要准备再好一点再行动。"

于是这些年来，面对机会，她总是准备，迟迟没有行动。那天我告诉她，你已经够好了，开始行动吧！

在我的鼓励下，她当天晚上就立刻按照我给她的建议，立刻行动了。一个人，当开始对自己说“YES”，就意味着允许各种机会靠近自己。于是在那之后，我时不时听到关于她的好消息。

她告诉我，她擅长解决情感问题，但是之前一直不敢分享，害怕自己不够好、不够优秀。但是现在因为告诉自己“我已经够好了，开始行动吧”，于是她在各平台坚持分享情感方面的内容，有一天她欣喜地告诉我，有人愿意付费找她咨询！

后来有次她又向我报喜：她升职加薪了！公司要求她从前台转岗为公司主播，她本能地打算退缩和拒绝，但是后来她对自己说：“我很好！迎上去！”于是不再拒绝机会，而是“迎上去”接受了新机会新挑战。现在，她从公司的一位前台成为公司的主播，收入随之上涨！事业成长空间大大增加！

我亲眼看着这两个故事在我身边发生，这两个人在听我分享的那一刻发生了交集，之后又迅速分离：一个消失不见，一个越过越好、越来越富有，真让人感慨。

我曾问过自己：为什么同样的分享，有些人听了之后可以立刻行动，几年时间就可以变得越来越富有。而有些人听了之后也心动，但是迟迟没有行动，而是停留在原地。是什么原因阻碍了一个人变得富有？是因为能力吗？或者是认知？还是机会？

后来我在读曾国藩的传记时，我找到了这个问题的答案。

## 盛衰在气象

曾国藩在读了《了凡四训》之后，发现了一个重要的生命真相，他说看一个人的命运是否能够兴旺发达，只需要看一点，那就是“盛衰在气象”！

气象是什么？气象是一个人的信心和能量。当机会来临时、当命运的转折点显现时、当财富朝你涌来时，你能否有足够的信心和能量向前一步，抓住这一切，顺势而为变得富有？还是面对机会，自我怀疑向后退缩，告诉自己“等能力再强一点、自己更优秀一点”再做？

面对自己想要的一切，敢于向前冲，内心容不下任何自我怀疑或限制、匮乏不足的想法，这种气象，就是一个人变得富有的关键！气象是“道”，“道生一，一生二，二生三，三生万物！”兴盛之象，能生万物！

好多年前，我和闺蜜团姐妹聚会。那是一个年末的下午，我们相约在咖啡馆，一块畅想即将到来的新年，并约定每个人都要写下新的一年的财富收入目标。我当时写了一个数字——一百万。这个数字对于那时囊中羞涩的我来说，简直是一个天文数字。果不其然，当我向智囊团姐妹们说出这个数字的时候，姐妹们都惊呆了，觉得我是不是有些天方夜谭。因为她们了解我当时的现状，清楚我的收入状况——那时我的月收入只有三四千块钱。所以姐妹们看到我的财富目标数字之后，疑惑地问我："你打算怎么实现呢？"说实话，当时的我并不知道怎么实现，让一个月收入只有三四千的人去告诉别人年入百万的方法，听起来原本就是天方夜谭。但是，对于实现这个梦想，我的内心充满了笃定。

不过震惊之余，其中一位姐妹告诉我，她很佩服我的信心！她说，她自己因为信心不足导致对未来的想象非常有限，看了我设定的财富数字之后，她把原本设定的新年财富收入目标换成了一个更大的数字。

而当年那个看起来天方夜谭的目标，在短短几年之后，已经照进了我的现实生活。现在回头看，这个财富目标之所以能实现，就在于这几个字："盛衰在气象！"虽然当年的我还没能拥有一百万的实相，但是内心已经有了一百万的气象。而气象总能创造出生命的实相！

"盛衰在气象"，那一个人兴旺的气象从哪里来？

## "利他"兴气象

日本著名企业家稻盛和夫用他一辈子的践行，告诉我们兴旺的气象从利他而来！因为求人气短，助人为乐。如果你曾有过帮助别人的经历，你一定能体会到帮助别人之后，整个人如同被充满了电般的愉悦。**一次次的帮人、利他，就是在给我们自己带来高能量的补给，注入兴旺的气象。**

稻盛和夫一辈子践行"利他"，用"利他"创造了两个世界500强，然后又用"利他"拯救了一个世界500强。

2010年，78岁的稻盛和夫担任日本航空（现日本航空株式会社，以下简称"日航"）的首席执行官（CEO）。而在之前，日航已严重亏损两万亿日元，十多年的持续亏损让日航已经到了濒临破产倒闭的地步。当时的日本首相鸠山由纪夫准备用300亿美金拯救日航，但是又担心300亿美金一投出去，万一没有成功，不但钱没有了，还救不活日航，赔了夫人又折兵。于是在关键时刻，稻盛和夫临危受命。到了日航之后，面对着百废待兴的局面，稻盛和夫做了一个很重要的举动，将日航原本衰败的气象扭转过来，由衰转盛。这个举动就是利他。稻盛和夫把日航1000多位高管组织起来，集体学习一个月。在这一个月的时间里，他们学习利他的经营哲学。学完之后，大家带着利他的念头，投入到工作当中。一年之后，日航盈利1800亿日元，第二年盈利2000亿日元，第三年继续盈利。于是日航一下子从原本濒临破产的企业变成了全球航空业最好的企业。这一切的秘诀就在于利他。利他将日航原本衰败的气象扭转为兴盛的气象，从而扭亏为盈。

关于如何变得富有的秘密，众说纷纭。市面上所有关于财富的书籍都会谈及这一点：你能帮多少人，你就能获得多少的财富。如果说几年前那个月收入只有三四千的我，与现在的我有什么区别的话，我想，应该是现在的我能够帮助的人数与之前的我能够帮助的人数，是不可同日而语的。你能爱人，能帮人，就得人气。人气旺，气象就足。

一个人要变得富有，关键在心富。请记住，阻碍一个人变得富有的，从来都不是来自外界，而是自己，是你内心的小我、恐惧、不自信阻碍了你变得富有！因为——

内在富足，

才能外在富有！

# 找到你的天赋，用天赋创造财富



有次我收到一位女性朋友发给我的信息，她告诉我为了改善家庭的经济条件，给孩子创造更好的环境，她一年报了70多门线上课程，希望可以通过自我学习来提升自己的收入。可是报了这么多门课之后，她经常这节课还没学完，另外的课程又开始了。每天下班回到家累到不想动弹的时候，她一想到还有好多课程没有学完，就非常焦虑，焦虑到她先生都看不下去了，劝她不要再把自己逼成这样了，宁愿她还是以前那个不那么爱学习的妻子，至少那个时候她还是快乐的。这位朋友问我："我只是想提升自己的能力，然后提升收入改善家庭经济条件，我不这么做的话，那又该怎么办呢？"

"宁愿你还是以前那个不那么爱学习的人，至少那个时候的你还是快乐的。"这句话击中了我的内心，我知道这样的情况不只存在这一个朋友身上，很多人身上同样存在这样一种状况。用力学习，用力改变自己，当发现自己变得没那么开心，甚至变得很疲惫无力、迷茫无措的时候，一些朋友会来找我咨询："我该怎么办？"

这个时候我会问他们的第一个问题是："你的天赋是什么？"绝大多数时候，他们给我的回复大约跟几年前的我一样："天赋？什么是天赋？我难道也有天赋吗？我不知道我的天赋是什么？"

## 每个人身上都有与生俱来的天赋，你找到它就找到了自己的价值

在我32岁那一年，我第一次听到"用天赋创造财富"这个说法。"天赋"这个词，我的印象中总是和天才联系在一起，专属于天才，对普通人来说是求而不得的超能力。但是在那一年，我被告知**每个人身上都有与生俱来的天赋，你只要找到它，然后用它来帮助别人解决问题，就能创造价值，财富就会源源不断地被创造出来。**

生活中，能够给人提供答案的地方和话语，通常都会展现特别迷人的光彩，让人眼前一亮，过目不忘。"用天赋创造财富"这句话出现之后，我从未刻意记住，但也从未能够遗忘。

在这之前，我脑海当中那些关于财富的理念都从原生家庭中承袭而来："赚钱不容易，很辛苦。""钱是越用越

少的，所以要省着点花。”“喜欢的事情能当饭吃吗？”“找份好工作，才有好收入。”……这些看不见、摸不着的财富信念真的显化成了我工作之后的经济窘境：钱是越用越少，人是越忙越穷。我陷入了“穷忙族”的困境，不断循环反复，每天都在想办法把钱省下来，获得收入的唯一渠道就是工资收入。为了提升工资收入，我不得不放弃一切喜欢的事情，熬夜加班赶工作进度。曾有一年国庆节，我连续七天七夜在后期机房通宵达旦地剪片子。即便这样，我依然处于入不敷出的状态。那几年，这样的赚钱方法令我身心俱疲。

作家万能的大熊在《格局逆袭》这本书中写道：**“如果你混了二三十年都没有什么起色的话，你可以去假设一下自己之前相信的那套东西是错误的，然后你换一个对立的方向去相信，也许你的生活就能马上改善了。”**在过去的三十二年时间里，我所抱持的财富价值观让我变成了一位连尿不湿都买不起的妈妈，于是我就用一年的时间来践行“用天赋创造财富”这一套完全不一样的价值观，如果也不行的话，那大不了我就再换回以前的观念，也没问题。反正最差的状况就是这样了，再差也不会差到哪里去了。

于是带着“用天赋创造财富”这句话，我走上了一条普通人探索自身天赋的旅程。我不断问自己：“我的天赋是什么？它在哪里？”一个人心心念念找寻答案时，答案也会找寻着他。有一天我在《发现我的天才：打开34个天赋的礼物》这本书里找到了答案。在书中，作者描述了天赋的三个特征，只要根据这三个特征按图索骥，每个人都可以找到自己天赋。天赋的三大特征分别是：第一，自己内心一直渴望做的事情。第二，对别人而言很难学，但是对你而言一学就会，而且还是轻易做得比别人更好、更容易得到别人夸赞的事情。第三，做这件事情让你感觉到愉快和忘我。

我一边看天赋的三大特征，一边在脑海中不断回忆和思考我身上的哪件事符合这些特征——当众演讲是我从小到大不变的渴望。上学时，我渴望站在学校国旗下，对全校师生演讲；高考面试时，我的即兴回答帮助我获得了艺考高分；工作时，我渴望站在更多人面前，对大家演讲。同事对我的评价是：“你不去当销售真的可惜了。”“你天生就是靠这张嘴吃饭的。”在这个世界上，当很多人将“当众演讲”的恐惧度与死亡相提并论时，我却在每次的演讲中感觉到愉快和忘我。有次受一家书店邀请，我举办了人生第一次付费演讲沙龙，那场演讲长达3个小时。奇妙的是，整个演讲过程中我进入一种忘我的心流状态，除了听众和我自己，一切仿佛都消失不见了。等到台下掌声响起，我才回过神来。

在回忆和思考中，过往的很多碎片都逐渐串联了起来，拼成了一张地图。在这张地图上，所有的信息都无比坚定地指向了同一件事情——演讲！在那一刻，我拨开云雾见明月，一切都豁然开朗。原来我从小就心心念念想要做的事情，就是我的天赋。

于是我就把更多的时间投入到演讲这件事情上。在过去四年的时间里，算上线上线下，我一共进行了400多场演讲分享。四年时间，400多场分享，对一个普通人来说并不是一件容易的事情。身边有朋友心疼地劝我，不要那么拼，不要把自己弄得那么辛苦。可是我知道，当一个人在践行自己天赋的时候，是根本不会感觉到疲惫和辛苦的。因为天赋点燃了一个人全身的内在驱动力，如同点燃了小马达，让人勇往直前地开天辟地。这种滋味用“生命的狂喜”一词来形容，也一点不为过。

当你做的事情不仅可以滋养自己，还能帮助别人的时候，你的商业价值就出现了。四年里，我那400多场演讲分享启发了很多跟我有着相似的经历的人，帮助他们走出了人生的各种困境。总之那几年时间，我逐渐扭转了入不敷出的经济窘境，真的做到了用天赋创造财富。

在这四年时间里，只要有机会，我就不断分享“用天赋创造财富”的理念以及故事，希望可以帮助到更多人，让他们像几年前的我一样，脱离经济困境。

青儿，一位二婚的二宝妈妈，我是在我的一次公开演讲的交流群里认识她的。那时候的她刚结束完第二段婚姻关系，前夫背着她赌博，刷爆了她的信用卡，让她背了一百多万的债务。失望之下，她独自带着两个孩子离开前夫，为了节省房租，从省城回到了她出生的那座小县城。那时的她不但身无分文，还背负着巨大的债务，每天都被各种电话催着还钱。没钱对一个有着两个孩子的单亲妈妈来说，是天大的难题。青儿形容那个阶段的自己就如同一只无头苍蝇一般四处乱撞，到处打听如何赚快钱、赚大钱。为了快速赚到钱照顾孩子，每天各种乱七八糟的想法都在她一片混乱的大脑中轮番上演。

机缘巧合下，青儿听了我的演讲，听到了我说“每个人都有自己的天赋”，“每个人都可以用自己的天赋创造财富”，听到了天赋的三个特征。听完我的分享后，她在交流群里兴奋地告诉大家："我找到自己的天赋了！"对照天赋的三大特征，她说摄影是她的天赋。因为很早之前，她就一直很喜欢用手机随手拍下自己觉得很美的画面，虽然没有学过专业的拍照技巧，但是依然能获得很多人的喜欢和夸奖。这件在我们大多数人的眼里显得很难很专业的事情，在青儿眼里却轻而易举就可以做到，并且摄影这件事情令她感觉开心愉快。当时我建议她可以用她擅长的这个技能去帮助那些有摄影需求的人。一方面地可以做自己擅长和喜欢的事情，缓解她的焦虑和压力，稳定心智。另一方面地可以用天赋创造财富，缓解财务状况。青儿在听完我给予她的建议之后，马上就勇敢行动了：早上刚听完我的分享，找到了自己的天赋，下午她就已经制作好课程招生海报，发布信息开始课程招生了。第一次开课，有二十多人找她报名学习手机拍照，她也因此获得了三千多块钱的收入。她说她终于稳住自己了，找到了自己的天赋，就找到可以创造一切的力量。就这样，青儿放弃了脑海中那些乱七八糟的想法，把所有的时间放在了自己的天赋上，慢慢磨炼，一步步地稳稳向前。

一年之后，青儿给我报喜，她开设的手机摄影课程已经开办了10期，一共有500多名学员，课程所得的费用帮助她大大缓解了财务压力。天赋，帮助她吸引了四个国内摄影平台的合作邀请；天赋，使她获得了一份全新的工作，从小县城搬去了苏州，后来又获得更好的工作机会邀约，去了上海，担任大摄影师助理，给明星和一些品牌拍照，开始了全新的工作和生活。

天赋，是隐藏在每个人体内的财富宝藏：向内，它帮助每一个人确认自我价值，专心做自己；向外，它帮助每一个人交付自我价值，创造财富。找到了它，每个人就找到了自己的定海神针，稳稳地做自己，活得轻松富足而快乐。

# 富裕，属于口袋里装满快乐的人



某汽车品牌举办线下沙龙，邀请我去分享关于财富的话题。

现场，很多家长带着孩子过来参加活动。

我问：“你会用什么词语来形容‘赚钱’这件事情呀？”孩子们争相举手互动。一位很可爱的小女孩举手回答：“赚钱很辛苦。”

我听到这个回答后，立刻问孩子的妈妈：“你也是这样认为的吗？平时赚钱很辛苦？”

妈妈点头表示肯定后，有点惊讶地反问道：“您是怎么知道的啊！”

我告诉她，一个人相信什么，就会得到什么。她的想法和信念，已经植入到了孩子的心里。

曾经，我也有过类似的想法和认知。

我与财富的关系，可以说分为了两个不同的阶段。第一阶段，就跟那位妈妈和孩子一样，从小被灌输了很多“赚钱不容易”的理念。因为这些信念深植于心，变成了那几年我的外在实相——没日没夜加班熬夜，把自己变成了一个“穷忙族”。那几年我靠辛苦赚来的钱，好不容易攒起来，总会被突如其来的事情花掉。有一次，我好不容易攒够了五万块钱，结果因为家里突发有事，正好需要五万块钱，于是这五万块钱还没捂热，就丝毫不剩地掏出去应对那些“不时之需”的事情了。

这样类似的事情，那几年在我身上不断重复上演，形成了一个固定的模式：辛苦赚钱—攒钱—被突如其来的事情花掉。所以我曾特别害怕自己有钱，因为一旦有了积蓄，就好像总要面临很多意外，很多煎熬。

但是后来我发现，**当一个人陷入痛苦的循环时，就需要我们勇敢地打破。一个人活在不想要的生活里，就一定要有智慧去找方法。**金钱是一种物质，也是一种幻象，是你内心很多想法聚焦后换来的一种回报。如果你对它心怀恐惧，那么它将感应到，并且不会来到你身边。所以，你想要变富裕，就一定要首先修整自己的观念，打破自己内心的恐惧与贫瘠。

**让自己富裕，不是马上让自己变有钱，而是要有“富裕”的状态和信念。**你相信你自己，你便能成为你自己。一个满腹抱怨和一个每天开心的人，哪个更容易抓住机会？我相信会是后者。一个总是很吃力地被动接受，一个总是很容易放松并主动获取的人，哪个更容易接近财富？我相信也是后者。

我们总误以为只有辛苦才能换来财富，只有“命好”才能一辈子衣食无忧，所以每一次向上攀爬的过程，我们都会不自觉地放弃很多生活的美好。比如牺牲好的睡眠，让自己过得疲惫不堪、筋疲力尽。但其实，真正富裕的人，往往都是内心里盛满快乐的人。只有满怀喜悦，人才能实现真正的富裕。

蔡志忠，是一个著名的漫画家，很多人都知道他的作品，却很少有人知道他36岁就实现了财富自由。为什么他年纪轻轻就获得了这么多的财富？在一次采访中，他说出了答案：

“全世界最赚钱的行业，就是玩。”

蔡志忠还说看泰森打一场拳1800万，每出一拳就是28万。泰格·伍兹打高尔夫就是玩，迈克·乔丹打篮球也是在玩，今天全世界薪水最高的足球运动员都是在玩。另外像蔡志忠，他自己也是在玩。所以一个人只要找到最喜欢、最拿手的事，把它做到极致，无论做什么，都会成功的。

所以，想要变富裕，我们就一定要付出更多的努力、花费更多的时间、忍常人所不能吗？不是的。而是我们要找到自己的快乐，并学会用快乐吸纳财富。

## 你要问自己：做什么我会快乐！

所以我赚钱的第二阶段，就是找到让自己快乐的事。

这件事说起来简单，但是做起来很难。因为成年人已经习惯了凡事权衡利弊，做事讲究大小得失。一件事，有用就去做，无用就不做。可是让自己快乐讲究的恰恰不是“是否有用”，而是那些“无用”让人随心而动、自在安然的事情。那我们具体应该怎么做呢？

### 1. 对生命说YES，多去尝试

如果你不知道你自己要什么，那就都去尝试一下。在尝试的过程中，你总会找到让自己怦然心动的时刻。我当时也是禁锢了自己太久，所以很难一下子找到让自己快乐的事情。但是我愿意去尝试，比如阅读、写书、做瑜伽、旅行、看展览、认识不同领域优秀的陌生人……我统统都会对自己说：“YES！YES！YES！”我“任性”地去玩，做了想要做的事情、去了想去的地方、见了想见的人！如果你要问我感觉怎么样，两个字：“快乐！”太快乐了！整个人的能量都是敞开流动的！所以，**找到自己的快乐，首先自己应该是敞开的，让自己处在始终吸纳能量的状态，然后对自己说“YES”。**

当你对自己说一个又一个的“YES”时，其实是你内心渴望被看见、被听见、被满足，你的心就好像含苞待放的花朵，在轻松愉悦中绽放。心开了，人自然就快乐了。

### 2. 允许自己成为真正的自己

当一个人处于真正的快乐之中时，他会体验到“快乐”这种情绪背后的深意，那就是——允许自己成为真正的自己！

一个成年人能够让自己快乐，意味着他了解自己，熟悉自己，知道自己喜欢什么、热爱什么，他是跟自己的内在力量紧紧连接在一起的。了解自己是一个很难的过程，因为生命里有太多嘈杂的声音，有很多奇妙的幻象，让我们看不到、听不到真实的自己。比如我曾以为自己是一个在事业上风风火火的女强人，可是当我真正过滤掉生活的杂音，我才发现真实的自己更喜欢人间烟火味；我曾以为自己应该要更用力、更进步，日进斗金，可是我发现真实的自己更喜欢在安静松弛中，顺应着天地节奏自然生活；我曾以为自己应该言出必行、杀伐果断、说到做到，可是我发现真实的自己更喜欢松弛自在，以内心为导航，抓住转瞬即逝的灵感立即行动，让生命在未知之中缓缓展开更宏伟的蓝图。所以，**当我们真正读懂自己，触碰到内心真正的渴望时，我们才能真正感受到生活的惬意，找到自在与安然。**

日本作家松浦弥太郎说，商品的销量与因它而感到开心的人的数量成正比。同理，一个人的收入也和他能打动人的数量成正比。所以要想获得更高的收入，就要考虑如何让更多人开心、快乐。

当我变得越来越开心快乐的时候，我发现喜欢我的粉丝也越来越多。粉丝中有未婚单身女孩，她们说很喜欢听我讲述婚后如何开心幸福的生活，这让她们对婚后生活有了更多的向往；有已婚女士，她们很喜欢听我讲述如何做喜欢的事情并获得全家人支持的心得，这让她们在自我成长方面有了更多的借鉴；有全职妈妈，她们说很喜欢听我讲述婚后如何快乐做自己的心路历程，这让她们对自己的未来有了更多的信心；有创业人士，他们说很喜欢听我讲述如何把自己做成具有商业价值的个人IP的经验，这让他们对粉丝经济有了更多的了解。

在这个过程中，我对“一个人如何创造更多的财富”

这个话题，有了更深的理解。

当下，人们更愿意把钱花在能够解决自己正在面对的烦恼，消除自己当下的不安、不愉快，解决令自己困惑的人、事、物上。更简单直白地说，就是人们更愿意把钱花在那些能够让自己感觉快乐的人、事、物上。**一个人能够让自己变得快乐，这是自我滋养。**当一个人的快乐能够让别人快乐时，商业价值就出现了。

就在我快乐地做自己时，突然有一天我收到了娜姐的信息。几年前我跟娜姐有过一面之缘，在那次见面中我知道娜姐是国内顶尖图书策划人，曾策划出版过百万畅销书，很多知名作家都曾邀请她做新书策划。从有写书的念头开始，我就希望娜姐能够帮我出书。所以当看到娜姐发过来的信息文字时，即使那时我正坐在办公室跟满满一屋子的同事开会，但是我依然完全抑制不住内心的激动，大声尖叫起来！因为娜姐问我："你今年有时间吗？想邀请你出书。"天啦！梦想以不可思议的方式实现了！我问娜姐，为什么是我。她说，因为现在的社会太过于焦虑，很多人都活得很压抑、不快乐，所以她想做一本书，给大家提供另一种生活态度，传递一种新观念——快乐工作，富足生活。她在身边搜索了一圈之后，发现我就是那个最佳人选，所以她希望我可以写书，让更多人看到另一种生活方式。

所以你看，一个人要获得更多的财富、机会原来可以这么简单，简单到你只需要跟随你的内心，去体验那些让你感觉快乐的事情，财富、机会、资源就会随你而来！

# 钱要怎么花才够爽



你有没有抵不住内心的渴望，自己花钱买来喜爱之物，却被旁人泼冷水，说你不该花这么多钱买这些东西，纯属浪费的情况？这些话是否让原本满心欢喜的你，心生懊悔或委屈？又或者，你有没有内心极度渴望想要拥有的某样东西，只要想到它，你就止不住地怦然心动、心生欢喜？可是一想到价格，你的头脑会止不住地问自己："我是不是不应该花这么多钱去买这么贵重的东西？我是不是不配拥有它？"这些纠结最终会让你与极度喜爱的东西失之交臂，也在你的内心留下了永久的遗憾。

以前，我是一个不怎么会花钱的人，也是一个不敢花钱的人。我出生在一个小县城，家境一般。上小学的时候，有次班级举办春游活动，需要交费报名。对孩子而言，能够在枯燥的学业中，和同学们一块集体出去游玩，是一件多么值得期待的事情。于是那天放学回到家，我就兴冲冲地找父亲，向他要钱交报名费。父亲却告诉我，春游要去的地方，我们曾经去过，非常没意思，完全没必要去。作为补偿，他可以为我买一包好吃的零食。父亲还说：“毕竟钱要省着一点花。花掉一点，就少一点。”父亲的那番话，让我决定放弃班级的那次春游。

不知道为什么，小学时发生的这件事情，直到现在回想起来，我都会记忆犹新，仿佛昨天发生一般。后来我才知道，那些让你印象深刻的画面和对话，会像种子一样植根在你的潜意识中，形影不离地跟随着你，影响着你。我想大概就是从那个时候开始，我养成了省着花钱的习惯。

因为担心钱越花越少，在那些年里，我总是设法省钱，甚至不花钱。比如，我习惯性地去买最便宜的衣物、吃最便宜的饭菜，住最便宜的酒店……即使遇到自己非常渴慕的东西，只要价格超过我的预期，我都会忍痛割爱，退而求其次，选择更便宜的替代品。这样的做法，的确替我省下不少钱，但是渐渐地，我发现自己变了——遇到事情的第一反应是：这个要花多少钱？花了这些钱，我还剩多少钱？如果花钱不多，就考虑去做。如果花钱很多，那就不做。更严重的是，因为习惯了少花钱、花小钱，我变成了不敢花钱的人，自动远离那些看起来就很高档的人、事、物以及场合，把自己圈定在狭小的自我天地中，不敢也觉得不配去跟更广大的世界交流。

## 花钱是赚钱的捷径

那几年，我把自己越活越“小”，把自己活成了一个“不配拥有美好”的人；习惯了退而求其次，习惯了遇到令自己怦然心动的美好事物内心会惴惴不安：我真的值得拥有吗？

从小到大，我都有一个梦想——环游世界。有一年国庆节，我的一位好朋友邀请我一起去欧洲旅游，参观各大艺术馆。看到她的邀请，我的内心狂跳不止，年少的梦啊，终于要实现了。可是一看到旅行团的价格，我瞬间就没了精神——为期半个月的食宿、开销及往返机票等，总费用加起来要近5万元。当时我的第一反应，就是不去，可是我转念一想，如果不去，估计以后这辈子都不会再有勇气去实现这个年少的梦了。所以几经考虑，我还是选择了报名。

身边的家人、朋友知道了这个消息，惊讶得眼珠都要从眼眶里掉出来：“你是疯了吗？花那么多钱！你知道这些钱够做多少事情吗？”甚至有闺蜜问我是不是被洗脑了。

其实交完钱之后，我也后悔了、犹豫了、纠结了，但是这些后悔、犹豫、纠结在踏上欧洲艺术游学之旅的第一步，就完全烟消云散了。因为，那些昂贵的费用替我打开了一个完全不一样的世界。

三位业内最顶尖的艺术专家随团从不同角度为我们讲解眼前所看到的艺术盛宴，我们每次入住的都是极具美学价值的豪华酒店。其中有次我们入住有了几百年历史的古城堡酒店，去真正的三星级米其林餐厅品尝美食，去被誉为“世界最美图书馆”之一的圣劳伦斯·埃尔·埃斯科里亚尔修道院图书馆里感受知识的力量，去索菲亚王后国家艺术中心亲眼欣赏毕加索的《格尔尼卡》，去世界上最大的超现实主义绘画博物馆去看达利的疯狂画作，去看过高迪留给这个世界的最后一件伟大作品——圣家族大教堂……在那次昂贵的旅行中，我的每一天都被美好包围着，在一次次美好的体验中，我一次次在内心按下确认键——我值得拥有美好的东西！

除此之外，我还在旅行团中认识了很多新朋友，与他们的每次聊天，都让我大开眼界。其中一位姐姐很喜欢旅行，年纪轻轻就已经走过了60多个国家，而且每次旅行都是参加高端私人订制团，她说：“我的出发，不是为了省钱，而是为了体验美好。”我当时想，这姐姐真的是不在乎钱啊，这得多厚的家底儿，才能这样玩啊！她仿佛听到了我的心声，说："很多人以为要赚很多的钱才能这么花钱，但是对我来说，正好相反。越花钱越赚钱。花钱是赚钱的捷径！"

"越花钱，越赚钱！"这句话，彻底颠覆了我的"钱越花越少"的观点。游历过全世界60多个国家的她把钱花在投资自己上：看世界上最顶尖的艺术展，参观世界风格各异的建筑，吸收世界各地不同的美学，体验不同国家的风土人情，经历结识不同领域优秀、有趣的朋友，建立独家的优质信息来源渠道、互通有无。她不是用这些丰富的经历在朋友圈打卡炫耀，而是不断扩充视野和格局。她所花的每一笔钱都是投资自己的体验，在体验中保持觉知，时刻在观察和学习，将体验中学到的一切都拿来为自己所用，帮助她提升做正确决策的概率，从而"越花钱越赚钱"。

之前的我，满心想着如何省钱和攒钱，以为这样就能变得有钱。但是与这位姐姐相处的那段游学时间，我如同被打通了督任二脉，对"如何花钱"这一门父母没教、学校没学、生命中很重要的功课，豁然开朗。

一个人使劲想着如何省钱和攒钱，尽管能够帮助自己积累一些有形财富，但是相比于自己所得到的，也许会错过更多。当我们通过花钱不断打开这个世界的大门，丰富我们的人生体验时，这个世界也会朝我们打开更多扇大门。那些为增加自己的见识、提升自己的格局而花出去的钱，如同一股强大的能量，让我们拥有了平视这个世界的配得感！

## 仁者以财养身

那次游学结束之后，我把学到的游学带团经验应用到自己身上，组织了一次亲子高端定制户外游学，带领了近30组家庭从全国各地飞往呼伦贝尔大草原。一位很想参加的团员直到报名截止时间的前一刻，才下定决心付费参加。后来她告诉我，之所以一直犹豫不决，一方面是因为旅行团费比较高，她在旅行上第一次如此大手笔地花钱；另一方面是她不敢坐飞机。我以为她是因为过往乘坐飞机时的一些经历，导致她不敢乘坐。结果她告诉我，她之前并没有坐过飞机，是因为坐飞机出行，需要花更多钱，而且她以前听别人说，飞机在起飞和降落的时候，一般会有比较强烈的颠簸，而遇到不好的天气时，飞机颠簸得会更加严重。平时有晕车习惯的她，很担心自己会晕机。当她那次不得不乘坐飞机飞往内蒙古的时候，她才发现自己的担心完全是多余的。她开心地告诉我："当飞机离开地面的那一刻，我非常清楚地感觉到，飞机带着我飞向了蓝天。看着眼前纤尘不染的天空，如此纯净，一朵朵白云飘过，我人生第一次体验到，置身云端的感觉竟然如此美好！而整个飞行中，自己都处于一种很享受的状态。”

那次乘坐飞机的经历，让她明白：那些从别人嘴里听来的关于这个世界的免费经验，无论听得再多，都不如自己亲自去经历、去体验，否则永远活在别人口中的世界，是无法看到真实的美好的。

人生在世，有些事情是必须要去做的，有些书是必须要读的，有些美味是必须要品尝的，有些风景是必须要去欣赏的，有些人是必须要去见的，因而有些钱是必须要去花的。

“仁者以财养身。”**那些为了得到更多的体验和自我成长所花掉的钱，终将会替你打开这个世界的一扇扇门，不要只坐在自己狭小的世界中，以为世界只有这般大；那些为了实现你的梦想而花掉的钱，会把你送向更远的地方，会把那些你曾经梦想见到的人和向往的风景，带到你的生命中。**

岁月无声，那个一直告诉我“钱要省着点花”的父亲，不知不觉已经70岁了。为了迎接他的70岁大寿，我精心为他筹备寿宴。在选择寿宴的酒店场地时，我的父亲在老家的两家酒店中一直犹豫不决，拿不定主意。他看中了一家新开的五星级酒店，场地豪华，装修大气高端，唯一的缺点就是价格较高。另一家老酒店，场地陈旧，装修老式，但是价格方面要便宜很多。他想来想去，最后告诉我这次选择那家老酒店，可以省很多钱，只要他平时保持健康，到80岁的时候再去那家五星级豪华酒店办寿宴。

那一刻，仿佛时光扭转，那个“为了省下报名费让我不要去春游”的画面再次浮现在我眼前。我坚定地告诉我的父亲，在人生这么值得庆祝的时刻，我们不要为了省钱而留有遗憾，他喜欢那个五星级酒店，我们就定在那个酒店。多花掉的钱，我通过努力还有机会挣回来，但是错过父亲人生这么关键时刻，我再怎么努力，也挣不回来了。就如同小学那次班级春游，即使我现在有能力交费报名了，但是再也回不去了。

我的这番话，终于帮助父亲下定了决心。我们最终选择了那家他心仪已久的五星级酒店。看得出来，我的父亲对于这个决定是非常开心的。他后来要我给他买一件在生日宴上穿的唐装，他说既然选择了那么气派的场地，那自己也要打扮得更气派一点，盛装出席。听到父亲的这番话时，我的内心非常开心。

你看，那些为了滋养生命花出去的钱，它并不是“越花越少”，它变成了一个人的心气劲：让人开心，心气更足！

它变成了一个人的盼头，唤起人对未来的希望，生生不息！

它变成了一个人内心丰盛的配得感，让人允许自己拥有最美好的一切！

# 别人问你的问题是一座金矿

平时，你经常会遇到身边的人向你问问题吗？遇到这种情况时，一般你会怎么面对呢？是觉得自己被打扰到，很不开心？还是非常热心地回复别人的问题，然后继续去做自己的事情呢？如果你的回答是这两个答案中的一个，那下次遇到别人再问你问题时，你可以试试第三个选择。

## 留意那些别人经常问你的问题是什么

有一次我受邀在线上做直播，被主持人问到，在看过的那么多本书中，有没有对自己影响特别大的一个观点。我想了一想，分享了自己在看日本作家松浦弥太郎的《崭新的理所当然》的一个观点："别人问你的问题里，隐藏着你的个人商机。"

我以前是一个很怕麻烦的人，如果有人问我问题，我会觉得这是个麻烦，很抗拒和排斥，能躲就尽量躲开。但是在松浦弥太郎的《崭新的理所当然》这本书中，我看到了作者对此完全不一样的观点，他在书中写道："多去留意那些别人经常麻烦你的事情或者经常问你的问题。你的商机隐藏在这些问题的后面。”为什么？因为别人之所以找你来咨询某个问题，是因为在他们看来，你在这方面做得比别人更好，值得信任。这段话给了我启发：那些在我看来会带来麻烦的问题，却蕴含着无穷的商业价值。当我换个角度重新看待那些“经常被别人问到的问题”时，问题变商机。

我发现我被问到最多的问题是：“你是如何做到一天看完一本书的？”

于是，我开启了第一次付费分享——如何高效地看完一本书。那是我人生的第一次收费的分享。

“我没时间看你推荐的那些好书，怎么办？”

于是，我就创办了读书会，带领大家一块看书阅读。

“你平时是怎么养生的？”

于是，我就办了一个气血养生课程。

“你的穿搭越来越好看了，你是怎么做到的呀？”

于是，我就办了一个穿搭形象课程。

“为什么我每次出去旅行就是上车睡觉下车拍照，可是看你每次旅行，不但有趣还有好多收获，你是怎么旅行的呀？”

于是，我又办了一个呼伦贝尔亲子游学营，担任带团导师，带大家去呼伦贝尔大草原上旅行游学。

除此之外，我还被经常问到的问题有：

“你的表达力好棒，请问我如何提升表达力？”

“你平时是怎么写作的呢？我想提升自己的写作力。”

“你是怎么经营婚姻关系的呢？”

“你是怎么教育孩子的呢？”

…………

每个问题都带来一个商机。每一个商机意味着一种新的可能性。就这样，我原本普通得不能再普通的宝妈生活，随着别人问我的一个又一个的问题，慢慢生出了各种不在计划之内的新可能。

一天，我的一个学员来给我报喜。她是一个全职妈妈，偶尔也会跟广州当地的一些公益团体去做公益活动。一次，某校举办“未成年人性教育”公益讲座，她受邀作为主讲人给孩子们普及相关知识。后来她把那次讲座内容分享到朋友圈。结果好些朋友看到之后，都问了她同一个问题，那就是：“应该怎么样给孩子做性教育？”看到大家留言时，她的脑海中浮现出我经常给大家分享的那句话：“你的商机隐藏在别人问你的问题当中。”大家的这个问题给了她启发，于是她就有了办“性教育脱敏陪伴营”的想法。她发消息给我报喜的那一天，正好是她的第一期“性教育脱敏陪伴营”顺利结营的日子，她自己收到了很多家长的好评。她说，我的那句话不但帮她发现了个人商机，也给她带来了更多的个人价值感，令她明白自我存在的意义。

除了这位学员通过别人问自己的问题挖掘了个人商机之外，还有很多其他小伙伴也用这个超级简单好用的方法找到了自己的商机。像一位学员倩倩，因为性格温润有亲和力，身边朋友遇到什么烦心事就喜欢找她来开解，大家习惯问她：“你怎么这么会聊天？每次跟你聊完天之后，心里的那些糟心事就不再糟心了。”于是她给自己开启了一个新身份“聊愈师”，提供一对一的聊天沟通咨询服务，开导身边的朋友。还有一个小伙伴，盛夏果果妈，利用闲暇时间在社区开办了一家家庭式绘本馆，在经营的过程中很多宝妈向她咨询“宝妈要怎么经营一家自己的绘本馆”“妈妈怎么组织一场亲子线下活动”等问题。知道问题就是商机的她，后续开设了宝妈线上社群以及相关课程和个人咨询，分享开馆经验及创业心得，收入渠道增多，人生也更自由了。

回想一下，平时你被问到的最多的问题是什么？你经常被拜托的事情又是什么？找找看，你的商机就隐藏在别人经常问你的问题后面。

## 多输出，给别人问你问题的机会

有一次我的一位学员向我说起自己的苦恼：她原本毕业于名校，高学历、高收入，工作成绩出色。她以为自己辞职之后，凭借着自己的能力和累积的客户，能够顺利转型。但是没想到，辞职转行之后，半年多都没有任何人来找她做形象设计，因此她很长时间处于没客户、没收入、吃老本的状态。没收入令她焦虑，没客户令她迷茫：“我花了很长的时间和学费学习这个专业，能力方面肯定没有问题，但是就是没有人找我帮他们做形象穿搭。”

我问她：“你可以先从那些认识你、熟悉你的老客户入手，先为他们服务，这样会更容易一点。”她摇摇头，说：“我尝试过，但是都被拒绝了。”相比于被陌生人拒绝，朋友同事间的拒绝来得更让人怀疑自己。她问我：“这是为什么呀？我该怎么办呀！”

我翻看了一下她的朋友圈，找到了答案：在她的朋友圈里面，没有任何信息展示出她曾经花了大量的时间、大量的金钱跟随国内这个领域中的顶尖老师学习，别人不知道她具有这方面的能力，别人不相信她具有这方面的能力。

这位学员之前一直都是在金融领域中工作，她身边的朋友对她的认知就是——平日里穿正装、凡事追求效率的金融女强人。如果在金融方面有所需求，身边的朋友一定会第一时间想到向她求助，因为这是她花了十多年时间在朋友心中累积的印象和信任。

**每个人的个人商机不是刻意而为之，它是一个水到渠成的自然发生的结果。**它跟我们每天大部分时间坚持做的事情息息相关。因为你总在坚持做这些事情，在时间的长河中累积了做这些事情的经验和教训，别人会看在眼里，记在心里。如果有一天，大家在某件事上遇到难题，那他们第一个想到可以给自己提供帮助的人，往往就会是那个在他们所接触到的、最常做这件事的人。

因此我给这位学员的建议是：在你潜在用户最多的地方，坚持每天输出与你从事的事情相关的有用信息，展示给别人看，告诉别人，你在做什么，能帮助别人解决什么问题。

四五年前，我每看完一本书，就在朋友圈分享这本书带给自己的感悟和收获，以及推荐读过的好书。这个习惯，我不知不觉就持续到了现在。所以我朋友圈的朋友，只要一遇到跟书或者阅读方面的问题都会来问我，后来我又把自己分享的内容从朋友圈扩展到各大互联网社交平台，坚持每天发文分享阅读带给自己的成长以及好书推荐。于是到现在，每天都有从不同的平台的陌生朋友想要让我推荐书籍给他们，希望用阅读的力量帮助他们成长。于是，在书和我之间，大家产生了一个强烈的关联——“想读书，找UP子木”。

这位学员听了我的话之后，有所领悟。我记得我和她见面是在北京的一家老火锅店，火锅店里人来人往，火锅里面的老北京涮肉咕噜咕噜地冒着香气。我俩吃完火锅走出店门的时候，她开心地冲我笑了笑，在北京冬天阳光的照耀下，她的笑容显得格外的灿烂！

她回去之后践行了这个方法，持续在朋友圈分享与个人形象设计方面相关的有用内容。这样持续分享了一个多月之后，终于开始有人陆陆续续地问她问题了：“什么样的服装会比较适合我？”再然后有更多人来咨询她，然后她开课、做个案、做沙龙分享等，不亦乐乎。有人要主持单位的活动，会来找她咨询穿什么样的服装比较合适；有人要面试，也会来问她；有人要参加约会，也会问她穿什么服装会比较得体。就连曾经那些婉拒她的老朋友和老用户现在见她每天乐滋滋地分享个人形象穿搭，也回头来咨询她穿搭问题。现在的她，靠着别人问她的问题，不断推出新的服务产品，积极满足别人的需求。

在传统犹太文化中，犹太人认为致富只有一种方式，就是勤奋地满足别人的需求。**多输出，让别人看见你正在做的事情，这样别人才会知道可以向你提出什么样的问题。**给别人一个问你问题的机会，你也就给自己创造了一个满足别人需求的机会。

# 演讲和写作的技能，都是“活”出来的

由于这几年经常做演讲和内容分享，我经常会被很多人问道：“UP子木，你可不可以告诉我们，你演讲和写作的方法？能不能教教我们？”也经常有人让我推荐一些教演讲力和写作力的书籍，他们希望可以让自己的输出力更好。

遇到这样的问题，我总是给出同一个回答：**真正动人心魄的演讲和文章，从来都不是“教”出来的，是“活”出来的。**

## 演讲和写作，都是记录生命流程的鲜活表达

我应该算是在自媒体时代通过持续分享，而改变自己命运的一个幸运儿。我对演讲的喜爱，从小就有。初中时代，我给自己订阅了《演讲与口才》这本杂志，每月必翻。那时我最喜欢看的电视节目是马东主持的《挑战主持人》，我喜欢看选手在舞台上唇枪舌剑。这个节目甚至严重影响了我高考的志愿，那时我一心想当一位主持人。可

以说，在我的学生时代，我通过阅读或观看与演讲类相关的节目，了解了很多演讲的技巧，或者说所谓的“套路”的东西。这些方法和技巧帮助我很好地完成了在学校国旗下的演讲，或者在班级上的发言。但是，也仅限于此。演讲在我生命中发挥重要的杠杆作用是从最近这几年开始的。我开始做线上分享时，听众最多的一次是将近50个微信群近30000人同步在线收听。那段时间，我没有再去翻看过关于演讲的书籍，也没再去学习任何的演讲课程，没有娴熟的演讲技巧和方法，每次都是即兴分享。但是大家每次给我的反馈都超过我的想象，毫不夸张地说，通过演讲，我无形中影响、改变了很多人。

我回头去看，几年前我的演讲之所以触动了很多人，并且能带动很多人去改变、提升自己，是因为我的演讲中开始有很多我自己的故事，那些不肯向命运低头、那些冲出生命低谷，如肖申克获得救赎般自由的故事。这些是我的经历和故事，是别人一张空白纸一般一看就看到底的青葱少年时代所没有的。“给人力量，给人希望，给人启迪”，这些恰恰才是演讲和写作中最打动人的部分，最动人心魄的原因。

这就是我一直对演讲和写作所持的观点：摄人心魄的

演讲和写作是无法“教”出来的，而是“活”出来的。当我们的生命活得足够精彩的时候，演讲和写作只是我们表达自我、让生命流经的一种渠道而已。

## 没丢魂，就是好的演讲文章

曾经有人问过作家李欣频：应该让孩子学哪种乐器呢？李欣频的回答是，学哪种乐器不是重点，重点是孩子要有表达的欲望。在乐器还没被发明之前，人类因为内心的开心喜悦或忧伤哀痛想要找一个出口表达，于是那时的人可能随手摘下一片树叶放在嘴边当作乐器吹了起来，也可能随手捡起几块石头敲打声响，后来就逐渐形成了音乐。哪种乐器从来不是音乐的重点，音乐的重点是生命体有没有表达的热爱和渴望。马东问音乐才子吴青峰：“你平时都是怎么创作的？”吴青峰说：“我写歌真的都是随口哼的。我不会用乐器写歌，因为我不会乐器。”

演讲和写作也如此，无法“教”出来，只能“活”出来。“活”出来包含两层含义：

第一，“活”出来，意味着自己的光芒没有被外在遮挡。

活出自己是需要勇气的，如同春天里发芽的种子，拥有向上的勇气，不被土壤所遮挡，破土而出。有时我们会害怕自己是独一无二的，于是随波逐流。我们走了大多数人都会走的路，被大部分观点和声音所裹挟，渐渐地在人群中不见了自己的踪影。我在西班牙看高迪的建筑时，听到了这位天才建筑师很多生前故事。他生性执拗，自己的建筑不接受任何的修改，最有代表性的就是米拉之家的故事。当时高迪设计完米拉之家后，遭到客户的强烈反对，要求高迪更改设计，但是高迪坚持自己的原则，死活不肯修改，而且声明不允许客户找人自行改动。客户尽管非常不喜欢，但是迫于高迪的强势，只好忍耐下来。直到高迪去世后，客户才敢稍微更换一下室内的布置。而高迪的这个坚持之举，让米拉之家成为一个伟大的建筑作品。每年都有世界各地的人如同“朝圣”般飞到西班牙欣赏这栋建筑。尽管如此，高迪的建筑作品一出来时还是不被很多人看好，甚至招来很多抨击，说奇形怪状、哗众取宠等。但是高迪并没有因此而更改自己的风格去取悦大多数人，他说他不能忍受直线建筑的平庸，于是坚持独特的曲线建筑风格，这才让高迪成为这个世界上的天才建筑师。如果有幸可以去西班牙观摩高迪的建筑，你可以透过高迪的建筑感受到他身上势不可挡的生命力，看到他独一无二的光芒。

活出自己，意味着尊重和信任自己的独特，以及自身不一样的观点。尤其在信息爆炸的互联网时代，每个人的时间和专注力都变得越来越碎片，如何让别人愿意在我们身上停留，关注我们的演讲或文章？

**作家火星爷爷说：“当你上台，我对你的渴望是什么？我渴望听到一些不一样的、没听过的、有震撼力的。我对老生常谈没兴趣，我对已经知道的事没兴趣，所以请说一些我不知道的。我期待你告诉我，原来我多年深信不疑的想法，错得一塌糊涂。”**

无论是演讲还是写作，我们都要让自己发出掷地有声的、不一样的声音，要做到这一点我自己的心得是：

### 1. 多阅读

大学毕业后我就很少再看书，这种状况一直到我感觉自己“整个脑袋被掏空”。会议上轮到我要发言的时候，我居然抓耳挠腮地说不出一个有价值的观点。于是我重新拿起书本，从此一发不可收拾。从2016年到2023年，我所阅读的书已经超过四百本。这些扎实的阅读数量给我提供了独到的观点和素材，于是在演讲和写作时，很多素材我信手拈来。

白岩松曾说过一句话：“当大家都不读书的时候，谁坚持读书谁就能杀出一条血路来。”

### 2. 不但要多看书，还要看那些少有人看的书

这是一个日趋同化的时代，审美观被同化、价值观被同化、金钱观被同化，当一切被过多同化的时候，“那些少数又正确的不一样”会成为某种意义上的稀缺资源。最近我在看冯唐的《搜神记》，我很喜欢书里面的一句话：“那些似乎‘我眼有神、我眼有鬼’的人，他们用兽性、人性和神性来对抗这个日趋走向同化的信息时代。”当大家都在用相同的观点做同样的选择并成为绝大多数人时，那些特立独行且又正确的极少数人就会不断拉开彼此之间的距离，人与人之间的“时差”在无形之中不断形成。

要让自己拥有特立独行且又正确的观点，就从看那些少有人看的好书开始。因为，如果你只读每个人都在读的书，你也只能想到每个人都能想到的事。我很喜欢看一些台版书以及一些绝版的书。我曾花了大价钱买了一些已经绝版的二手书来看。

### 3. 要学会做融合

知名音乐制作人张亚东在《乐队的夏天》点评乐队时说：“好的音乐作品都是‘融合’的。”融合意味着不同的领域、风格、元素的混合。我在演讲或写作时，会就某一个选题进行不同角度的思考，力求可以找到一个新颖的

角度切入，给大家带来不一样的视听感受。

天才建筑师高迪应该就是一个特别擅长跨界混血的例子，他将建筑与大自然结合起来。他所有的建筑设计灵感都取材于大自然这个广阔无垠的课堂，当两者相碰撞在一起的时候，伟大的建筑就这样诞生了。达·芬奇也是跨界高手，他是画家、发明家、人体解剖学家、歌者、建筑师、工程师、科学家、艺术家、诗人等等。

当我们所接触的领域越多，我们就拥有不同的视角和观点来看待问题。当别人的演讲或写作只能就事论事，就固定领域谈观点时，如果我们能横看成岭侧成峰，这种别样的视角和观点就会一下吸引所有人的注意力，带来演讲和写作的成功。

第二，“活”出来是指每个人应该尽可能地多去体验，累积不一样的感受，享受自身不一样的情感。

这几年，我开始全然允许自己去体验我想要体验的一切，于是我去看不一样的风景，去听不一样的声音，去做不一样的事情。当接触不一样的人、事、物越来越多的时候，我的头脑由过去的二元对立的矛盾体转为共生共长的共同体，这些体验帮我打破了很多过去自认为是唯一正确的答案，由非黑即白的单一无聊的人成长为对各种观点和新鲜事物都感兴趣的人。我要成为一个有趣的灵魂。张亚东在《乐队的夏天》中说："我只是觉得你要听不同的音乐，就像你去过不同的地方，去的地方越多，你就会发现整个人突然打开了。"

你突然发现整个人打开了这是一种什么体验？我知道，这是一种生命敞开、能量和情感来去无阻碍，自然通透的体验。打开感官，眼耳鼻舌身心意相通，对内对外都清明流畅；多看多听多体验，人的好奇心会指引身体，身体会激活镜像神经元，人就会变得越来越敏捷聪慧，也会被真挚的、充沛的情感包围着、浸染着，在丰富的感性体验的基础上延展出真正的理性世界，思维彻底明澈开放。

当整个人都是处于这样一种状态的时候，我们的演讲和写作才具有触动人心的力道。没有"活的生命"作为表达基石，演讲和写作只是空中楼阁。没丢魂，就是好演讲好文章。

火星爷爷在《故事要疯狂成交就用这5招》这本书中说道："在说故事这件事情上，你应该把自己升级为布道家，而不是推销员。推销员卖东西，布道家传福音。推销，你瞻前顾后怕出错。但布道，你无所畏惧，你看不见障碍，因为你有强大的使命感。"

可能看到这里，你会有疑惑：不是要告诉人们怎么演讲和写作的吗？怎么没有任何演讲写作的方法和技巧的传授？没有演讲写作的干货分享？我明白这种心情，就如同你现在面对一扇被锁着的门，你迫切想要找到钥匙打开这扇门。你当然知道，能打开这扇门的钥匙一定在别处，如果锁孔里面插着一把钥匙，那这扇门相当于是打开的，不是吗？所以解决你目前问题的钥匙一定都是在别处。功夫在诗外，也是同样的道理。**能够解锁所有问题的万能钥匙是当遇到必须解决的问题时，别人盯着问题看，而少数人能想明白——应该去别的地方找钥匙。**

很多人以为自己的英语学习不好是因为单词量不够，于是去背海量单词。其实真正的钥匙在别的地方——他们的语言水平不好。

很多父母苦恼孩子没有耐心，其实钥匙在别处——哪是孩子没耐心，而是做父母的没耐心，孩子只是在复制父母行为而已。

很多人以为自己演讲和写作技巧不够好，于是去报各种演讲和写作培训班，其实真正的钥匙在于你要有足够多的阅读和体验，拥有独特的观点，创造有力道的故事，让别人愿意花时间听你演讲或看你的文章。

李笑来在他的《通往财富自由之路》这本书中说道：“转眼10多年过去，互联网连接了所有人。突然之间，内容变现成了趋势，我们这种善于创作、精于制作又精通传播的人因为这点技能‘轻松地’赚到了钱，但是在这一切的背后，是那把万能钥匙在起作用——别人盯着钱看，我也觉得钱是个问题。但我觉得，解决方案一定在其他地方。**最终我认定，能力更重要。盯着自己的能力看，盯着自己的能力成长，才是真正的钥匙啊！**”

从恋爱脑，到自爱体

恋爱与否，你都可以活得很开心

做伴侣的『美颜相机』

在亲密关系里，你是要快乐还是要对错

# PART 4

# 结婚与否，你都可以让自己开心

结婚后，如何谈恋爱

你成为最好的自己，是对爱人最棒的回应

# 从恋爱脑，到自爱体

提起恋爱脑，你是不是以为，这一定是不经世事的小姑娘才会有的？满心满脑都是恋爱，这样的女孩是不是都没有很好的事业？

我的一个朋友，可能会打破你的这个认知。

不谈恋爱的时候，她非常理性、冷静、独立，很聪明，工作能力也很强，非常有商业头脑。但是一谈恋爱，她就秒变恋爱脑，眼中看的、嘴里念的都是男朋友。

我这位朋友反差极大，她是创业公司的老板，雷厉风行。她靠着极强的工作能力和敢想敢干的个性，仅仅几年的时间就把公司的业务迅速拓展到全国，即使是在疫情期间，也能稳妥地让公司的业绩成倍数增长，但她却在恋爱中，屡屡受挫，受尽折磨。

每次她谈恋爱，全公司的人都非常紧张，唯恐她的情绪不稳，影响到全公司的发展。幸好，她很会用人，也很会管理，即使经常因为失恋而无法正常工作，公司依然能稳步运转，并且逆势创造一个又一个奇迹。

她有非常强的人脉，有全国顶级的情感专家作为她的“智囊团”。在2021年她失恋的时候，她动用了30多个心理学家、情感专家，帮她调节失恋的痛苦。

你是不是很难相信，这样的一个成功女性，怎么会是恋爱脑呢？如果不是我亲眼所见，我也很难相信。

## “有条件”的成长，会渴望“无条件”的爱

2021年底，我经常会收到这位朋友的微信，不是问我工作上的总结规划，也不是探讨这一年的成长，而是问：“你现在有时间吗？我有些情感方面的问题想向你请教一下。”语气中透露的全是焦急和慌张。“我们又吵架了，这次他真的生气了，我该怎么办，能帮帮我吗？”看着她这样的文字，我既心疼，又疑惑：这还是我在工作中所认识的她吗？为什么事业上那般成功和优秀的她，一遇到恋爱，马上像换了一个人一样？深聊之后，我知道了原因。

心理学，把恋爱脑称之为病理性依恋或者痴迷型依恋，是指当人喜欢一个人时，会对对方产生极端的依恋需要，会感觉如果离开了对方，就会陷入一片茫然和无措，这种陌生的感觉，会让他们产生控制不住的焦虑、抑郁和恐慌，害怕被抛弃，所以会在心里不自觉地抬高对方的价

值，贬低自我。

有句话说，幸福的童年可以治愈一生，不幸的童年却要靠一生治愈。我这位朋友，努力拼搏，从小县城来到大都市扎根，并且闯出一番天地，这一切都源自她妈妈的严格教育。她小的时候，因为患有腿疾，先后手术了8次，有2次差点死在手术台上，坐过轮椅、拄过双拐，经历过无数病痛的折磨。她妈妈担心这样的她无法在社会上立足，无法在父母双双离世后还能独立生活，所以强逼着她必须变优秀。据她说，小时候考试稍微表现不好，妈妈就会拿着小铁尺打她的手掌。长大了，虽然妈妈的小铁尺不见了，但却像是长进了心里，只要表现稍微不好，她就觉得好像妈妈的小铁尺还在，还会打她，所以她强迫自己变优秀，即使取得了让所有人都惊叹不已的成绩，依然活得诚惶诚恐。

妈妈的教诲，让她养成了不服输的进取心，但同时也在她的心里种下了“不优秀就不配活”的种子。因为她小的时候，感受到的不是无条件的爱，而是有条件的爱，即“如果我不优秀了，别人就不会爱我”。因为总被批判，所以她心里总是希望获得认可；因为总是在“有条件”的环境里长大，所以她心里总是渴望无条件的爱，即使那种爱如刹那流星，只要曾出现过，她就会拼命守护，即使付出所有。

她说她爱上她的前男友，只是在某个很疲惫的瞬间，对方摸着她的头说：“别怕，我在。”她以为找到了生命的光，却没想到那束光，刹那消失，再也不见了。为了留住那束光，她拼命付出，每天忙完公司的事情，还要一日三餐变着花样给男友做饭，收拾家务，掏钱买房，准备好家里的各种事宜，甚至主动帮助对方照顾父母……如同“二十四孝”女朋友般，耗尽了所有，却还在不停地追问：我能配得上我男朋友吗？别人会不会觉得我在占他的便宜？

一次次的“自我牺牲”，并没有给她带来幸福。相反地，她总在爱情里跌跌撞撞，遭遇各种不公平的对待，最后依旧被分手。

生活里，有很多女孩如我朋友这般，为爱付出，带着美化的滤镜，抬高别人，贬低自己，在爱里卑躬屈膝，小心翼翼，满心满脑都在渴望抵达幸福，却总是弄得自己浑身是伤。

究其原因，是因为她们太过渴望爱了。而从心理学的角度来说，所有的过度渴望，都是因为隐藏在内心深处的欠缺——缺爱，缺安全感，缺认可。

小时候，当父母给的爱不够，或者永远是有条件的，长大后，孩子就会极度希望从外在获得爱；父母给的稳定性不够，孩子就会焦虑，害怕被遗弃，总是想拼命去抓牢感情。可是感情是不稳定的，当我们越是希望从外界获得，就越是把幸福的裁判权交到了别人手上。当内在不稳定，我们就会永远在不安的情绪里挣扎。

所以，我常常跟已经做父母的朋友说，要爱你的孩子，要常常温柔地告诉孩子"不管你怎么样，爸爸妈妈都爱你"。因为在这种爱中，孩子会得到无比珍贵的礼物：

无论我是什么样的，我都爱我自己。

我很美好，值得拥有美好的一切。

我们拥有高自尊、高配得感以及丰盛感。

## 爱自己，才是关系稳定的基础

幸好，童年的伤也并非无法治愈。时隔一年后，我的这位朋友，从"缺爱"的状态里自愈，从恋爱脑转成了自爱体，她的脸上不再因为感情的伤写满了苦痛，她的内心也不再因为情感的坎坷而变得难过；相反，她朝气满满，变得幸福快乐。那她是怎么自愈的呢？具体有三步：

### 1. 要建立正确的认知

恋爱脑女孩往往会有一些更深层次的心理需求。比如我这位朋友，她就是因为小时候父母对她太严苛，得不到认可，所以会把自己内心中没有实现的愿望寄托在恋爱关系里。女孩们一定要重视自己的内在需求，认知自己真正的需要，才能对症下药，做出改变。这个过程可能比较困难，不妨多听听周围人的声音，或者是接受专业的帮助，从虚假的爱情幻象里脱离出来，关注自己真正的感受，拥抱现实。

### 2. 爱自己，才是关系稳定的基础

很多恋爱脑的女孩，都看不清自己的价值。她们低自尊，有严重"不配得感"，认为只有通过对方无条件的爱和接纳才能证明自己的价值。这导致自己和对方都很疲累，即使开始是很好的感情，最后也会无疾而终。诚如我这位朋友，因为她小时候腿疾手术的经历，导致她非常没自信。自卑的心态会进而导致她对另外一个人的过度依附，并做出很多类似于"讨好"的行为。她学不会理解爱，正确地给予爱，更学不会享受爱。因为她会以为所有的爱都是"有条件的"，只有我"好"或者我"做得好"，才能获得对方的认可。这样的心态，难以建立一

段健康而美好的关系。

诚然，好的伴侣能够救赎自己，但更多的时候，要让一段美好的关系降临在自己身上，需要有一个前提，就是——

想要爱人，先要自爱。

唯有自爱者，才能爱人。

正如同金钱会流向那些不缺钱的人手中一样，爱也是流向那些不缺爱的人心中。

一个人要学会无条件爱自己，就要先从放弃“不优秀就不配活”的念头开始，先从接纳自己的缺陷开始。我们每个人都有缺陷，但是没关系，我们爱自己身上的优点，也接纳自己身上的缺点。即使达不到世俗意义上的优秀，但是我也觉得我很好，我也很棒。这样的人，不乏千钧之力！因为人生幸福的裁判权应该握在自己手里的，而不是别人手里。如果问怎么样才是爱自己，我觉得这就是真正的爱自己！

### 3. 丰富自己，让生活更充实

蒋勋老师在讲解《红楼梦》时，谈到宝玉的“痴”。他说：“有些痴，是为了让我们来完成自己的。”每个人都有自己的“痴”。身边那些恋爱脑的朋友，也许有时也会被身边人嘲笑“痴”“执迷不悟”，但是这份“痴”也是来帮助他们完成自己的。当在恋爱中积攒了足够多的痛苦和失望的时候，他们会自动开启自我转变。

后来，我的这位好友在专业心理师的陪伴下，不断学习和觉知，把自己的能量从外在不断回收，放在自己身上，了解自己内心真实的感受和需求，然后允许自己去尝试、去体验。

她让自己的生活变得丰富起来，开始学画画，漫无目的不带计划地旅行，品尝美食，允许自己在工作之余随心所欲，允许自己慢下来。她发现生活里原来有那么多尚未发现的快乐，除了感情之外，还有很多寄托。

她的脸上开始有了笑容，越来越懂得享受生活。她发现原来接纳自己以后，自己是那么的可爱，爱自己以后，发现不需要再多附加条件，就能发现自己身上种种的好。而当她学会了爱自己，才学会了推己及人，开始真正知道了如何正确地爱别人。

所以，如何从恋爱脑变成自爱体？以上是所有的答案。

我们花了太多时间不断寻寻觅觅，渴望找到一份真爱，殊不知，当我们开始爱自己，才发现——

恰如其分的自爱，才是打开真爱之门的钥匙！

# 恋爱与否，你都可以活得很开心

我有一个特别好的朋友，长得很漂亮，身材也好，最重要的是她工作能力强，从一个互联网公司普通的小员工，花了不到五年的时间，就成了高管，每年拿着百万的年薪。

周围的人都特别羡慕她的生活，但是有一次，我们在一起聊天的时候，她说："UP子木，你是怎么做到每天都这么开心的？每次见到你，你都是笑呵呵的。我要向你学习。"

我惊讶道："哈！难道你不开心快乐吗？"印象中，我的这个朋友应该过得还不错呀。

她告诉我，平时工作的时候，她和一大群同龄人一块工作，热热闹闹地，时间不知不觉就过去了。但是下班回到家里，一个人的时候，她总是觉得很孤独，想找个人来聊聊天说说话，或者一块去做饭吃饭，可找了一圈都找不到，心里难免空落落的。

听到这里，我明白我的这位好朋友不开心的原因了。我告诉她，要想获得真正的开心，关键在于：

一个人也可以活得开心！

## 婚姻，不是躲避单身生活“无聊乏味”的避风港

做到这一点，我花了十年时间。

单身无聊时，我想，找个男朋友，谈个恋爱，应该就会开心了吧。于是，我谈了恋爱。可是恋爱后我发现，两个人也会有无聊和不开心的时候。于是想，那结婚吧，结婚之后两个人应该会开心。新婚时两个人你侬我侬，情意绵绵，幸福又开心。可是时间久了，无聊乏味再次向我席卷而来。于是我又想，那生个孩子吧，有了孩子，生活应该会变得不一样，可以来“拯救”逐渐变得无趣的婚姻。果不其然，宝宝的到来为我们原本乏味的生活带来了不一样的开心快乐。可是时间久了，生活中的一地鸡毛再次冲淡了我的这些开心快乐。

就在我想要获得更多开心快乐而不得的时候，我看到了一则采访。采访对象是一位50多岁的女性作家。她拥有着让旁人羡慕的婚姻关系，在婚姻的滋养中，她保持着满满的活力感。在那次采访中，她被问及如何经营亲密关系。她的回答简短而深刻：“即使结婚了，也当没结婚一样。”这话一出，引起了在场很多听众大笑。大多数人误以为她是表达“要男人有何用”的观点。随后这位作家解

释道，在婚姻中，一个人自给自足的开心力，才是两个人长久在一起的关键。

## 修炼自给自足的开心力，才会永远开心

她的这番话让我沉思：那几年，我在婚姻中总是不开心、不快乐。例如希望对方陪伴自己出行，结果因为行程中意见不统一而闹得不欢而散；希望对方陪自己做感兴趣的事情，结果会因为对方不感兴趣而扫兴而归；希望对方多陪陪自己，结果因为对方太忙没有时间陪伴而争吵不休；希望彼此拥有相同的观点，以此来证明我们心有灵犀一点通，结果两个人经常为不同的观点而争辩不止。类似的事情还有很多很多。我总以为错在对方，但是那位作家的一番话让我幡然醒悟，错不在对方，在自己，是我没有自给自足的开心力，所以才会过得不开心。

那个当下，我在心里做了一个决定：即使一个人，也要活得很开心！

于是，那几年我在两个人的婚姻里，做了很多一个人的事情。

一个人在书房安静地看书，一个人去品尝美食，一个人运动或散步，一个人去外地学习进修，一个人去别的城

市参加喜欢的活动并认识新的朋友，一个人坐飞机去自己喜欢的城市旅行……

有次我一个人坐飞机到达旅行的城市，在朋友圈发出一张我抵达机场的照片后，就收到很多人给我留言。其中一位妈妈问我："这次你又是一个人出发旅行吗？你都不跟你先生一块去吗？"

看到这个问题时，我会心一笑，心想：这真是一个好问题！于是我回复那位妈妈："为什么任何事一定要和老公一块呢？两个人，如果都乐意做一件事，当然是非常幸运和幸福的事情。但是如果不乐意，也不要委曲求全，完全可以自己一个人去尝试和体验。然后把尝试过后的美好体验分享给对方，这样两个人皆大欢喜。"

总之，我用几年的时间，把自己活成了"即使一个人独处，也可以活得开心自在"的人。当我完成这样的转变时，我惊喜地发现，夫妻感情反而越来越好。有次我先生在忙完手上的事务之后，到书房来找我，要我给他推荐几本看过的好书。我问他为什么要让我推荐。他说："几天不看书，都快赶不上你了。再不学习，都怕自己的媳妇跑走了！"当我听到这番话时，我表面上装得很无所谓，但是内心早已笑开了花。

当一个人学会如何与自己愉快独处时，也学会了在情感中两个人如何愉快相处。不会再咄咄逼人地打着“为对方好”的旗号，要求对方改变。自己一个人就已经开心到忙不过来，根本没有多余的时间去纠缠着对方，围着别人转。相反地，沉浸在自己喜好中的人会长出一种不自知的美，只要站在人群中，就会闪闪发亮。这种不自知的美，会吸引着别人主动来找他，因为跟这样的人相处，欢喜又自在。

这些年我接触了很多女性朋友，其中有单身的，有结婚的、离婚的。大家关心的一个共同话题就是，如何在情感中保持开心幸福的模样?

而在自己的婚姻中亲身经历了一圈之后，我总是会告诉大家别人能给予的开心快乐，终究有限。那些长久无限的开心快乐，并不来自别人，而是来自自己。

如果生命中，有一个特别合拍的人可以陪你一起体验这个世界的美好，让你感觉开心，那当然很好。

如果没有，那也没有关系。

我们可以当下就去做那些我们一直想做的事情，那些让我们开心的事情。

你会发现，恋爱与否，你都可以活得很开心!

# 做伴侣的"美颜相机"



大多数女生在拍照时，都是离不开美颜的。但是为什么一款看似平平无奇的App，却能让我们产生这么强的依赖呢？

## "因为有你，我感觉自己很美好!"

看着美颜相机拍出来的自己，你会不会跟我有相同的感觉，会在心里偷着美："这是谁家的小仙女？太美了吧！"看着相片中美美的自己，我的心里就像是喝了蜂蜜一样甜滋滋的，而且还跟打了鸡血一般，瞬间变得兴致昂扬。这种感觉太过美好，美好到下次需要拍照的时候，我会再次拿出这款让自己感觉美好的App，拍出美美的自拍照。

当我一次次对着相片中美美的自己沉醉时，我发现这种感觉有点似曾相识，好像在哪见过。后来我仔细一回忆，这不是跟爱情开始时的感觉很相似吗？

爱情是因为有你，我感觉自己很美好。这种美好的感觉，如同多巴胺，让人上头，又上瘾。

**两个相爱的人，如果可以长久地做彼此的“美颜相机”，面对彼此，心中常常会涌起一种“因为有你，我感觉很美好”的情愫，那这段感情大概率是会变得长长久久。**

而世界上，那些听起来简单的道理，做起来往往很难。“因为有你，我感觉自己很美好”这句话看起来简单，但是其实在情感之中，很多人都很难做到。

我有次看一位明星的访谈，那位明星说起了自己婚姻生活中的一个小故事：有一次她要出差，于是自己在家里打包行李，把所有行李都整理好之后，她起身来拉行李箱的拉链，结果那个拉链怎么拉都拉不上。然后她老公就过来对她说：“我来帮你吧。”当时她说了一句话：“不用，你到旁边去，我自己一个人弄好。”为了证明自己真的能弄好，她一屁股坐在行李箱上面，重重一压，自己一个人就把行李箱的拉链轻松拉上了。然后她很得意地对老公说：“你看，我很厉害吧！”

那位明星在采访中说起这个小故事的时候，她和她的老公已经离婚分开了。在回忆起那段往事的时候，她说，当时他想要帮助自己，但是她拒绝了。这种拒绝让对方觉得，他不被需要。

## “我需要你”是爱人之间最美的情话

不被需要，是很多情感关系出现问题的预兆。因为不被需要的感觉实在太糟糕了。如果想要一段婚姻，能够走得更远更幸福，其实很重要的一件事，不是你为整个家庭牺牲了全部的自己，而是你要让对方知道，你很需要他。如果你有看过为怀里的婴儿哺乳而获得巨大幸福感的母亲，你就会知道，在这个世界上，被人需要是一件很美好的事情。

我在自己的家庭生活中，经常就是一副“白痴”的模样：邀请朋友来家里做客，结果连家里的杯子放在哪里都不知道；给孩子买衣服，结果连衣服的尺寸也不知道；我连自己的生日也不怎么记得；工作忙起来的时候，穿着一双脱线的鞋就直接出门了。成家这么久，我不会煮饭也不会洗衣。如果家里只有我一个人，那我就只能点外卖。

我的朋友经常说我是“傻人有傻福”。后来被说得多了，我认真复盘了一下，也许自己身上这种在日常生活中的“傻气”恰好满足了我先生心中大大的“被需要感”吧。

有天上午我要参加一个会议，必须准时参加，结果磨磨蹭蹭爱拖沓的性格还是让我踩着点急匆匆出门。我先生开车送我时说：“你这个人就是这么爱磨磨蹭蹭的，你看，要不是我开车送你上班，按你的速度，今天开会准迟到，准会被罚钱！”我在一旁笑嘻嘻地应答道：“对对对！没有你，我肯定会迟到，会被罚钱的！幸亏有你！”这话说得我都差点对他唱起歌来：“谢谢你，幸亏有你。”

这种“幸亏有你”的事情，在我的婚姻生活中处处皆是，比如我不识路，他就会一边开车导航一边感慨：“哎！这么大的人了，连路都分不清楚。”我就会在一旁说：“我不需要分清楚路，因为有你在呀。”我不会搞卫生，他就会一边搞卫生一边感慨：“你看看你，房间这么乱，你怎么都待得下去？”我就会在一旁说：“房间不会一直这么乱下去的，因为有你。”我没时间擦鞋子，他就会一边帮我擦鞋子一边感慨：“鞋子这么脏你都不会擦一下吗？”我就会说：“你每次帮我擦的鞋子都太干净了，让我自叹不如！”一天出门上班，急匆匆的我随手拿出一双鞋就穿上。那是一双穿了好几年的小白鞋了，他站在门口准备送我上班，看着我脚上的鞋旧到脱了线，于是说：“我帮你再买一双小白鞋吧，要不然你就一直穿着这双旧鞋子，也不去买新的。”

我所有的这一切，汇集起来，就变成了一句最重要的情话：“我需要你！因为有你，我变得更幸福更快乐！”

被需要，满满的被需要感！这是拥有一段长久又亲密的情感关系的绝对秘诀。所以我总是跟身边的女性朋友说，不管你多么能干，请你在家里，留出一个空间，留给你的另一半，让他用自己的力量为这个家庭出点力量。你的每一次需要，就是对方的“美颜相机”，让对方在被需要中感受到自我存在的价值。

很多书籍里面提到婚姻的经营技巧时，都会提到一个词语——给予。自己多多给予，多多付出。但是我更喜欢“给予”的另一种说法：给予对方日行一善的机会。这种说法更有智慧。很多时候，我们的给予是一种彰显自我价值的给予。但是还有一种给予，就是给予别人彰显他们自我价值的机会。在婚姻中，担心另一半做不好、没时间去做，于是凭一己之力扛下家里所有事，这是属于第一种“给予”；适当的示弱，让对方在家里有空间发挥自己的能力和价值，这是第二种“给予”，而每一次这样的给予，都会让对方产生“我很棒，很厉害，很有价值”的美好感觉。

我把这个观念分享给很多女性朋友，一些女性朋友听了之后就立刻行动起来：给予对方日行一善的机会。其中一位妈妈说道，以前在家中，凡事自己能做的，她都做，做不了的就拖着，实在非得解决的时候才会向另一半开口求助，但是这个时候她的情绪往往已经很不好了，带着负面情绪的表达就很容易适得其反。所以现在她一旦发现在家里所做之事超过了自己的能力时，就及时向另一半寻求帮助。没想到，这反而增进了双方的感情。她最后开心地说，她要做老公的“美颜相机”。

与这位朋友相反的是我的另一位女性朋友，她是我们这群朋友中公认的贤妻良母：在家，一己之力处理好所有家务活，而且一个人负责孩子的教育。因为她知道自己的老公平时工作忙，应酬多，为了让他回到家中有更多时间休息，所以家里大大小小所有的事情，她都不让他操心。就是这样一位贤妻良母，结果有一天她找我哭诉她老公出轨了！我震惊之余，无法给她更多安慰，只好陪在她身边听她的哭诉。

在那一刻，我想起了过往看过的那些狗血家庭剧：妻子不辞辛苦地为家庭付出和牺牲一切，然而丈夫却背着妻子在外面找了情人。作为观众，当时年纪尚小的我义愤填膺，死活不能理解：“为什么会这样？你的眼睛是瞎了吗？你的妻子对你那么好，你却不懂得珍惜！”

等我结婚之后，我才明白妻子的一番好心是需要得到丈夫的理解和认可的，妻子应该要主动向丈夫表达自己的需求和期待。

多对自己的爱人说："我需要你。"这是爱人之间最美的情话。因为"我需要你"是一个人对另一个人自我价值的极大肯定。它暗含的意义不仅是"我需要你"这么简单，更契合了人类的一种本性：趋乐避苦和被别人欣赏。当所爱之人说出这句"我需要你"时，对方的内心就会滋生出一种自己"变得更好"以及被欣赏的感觉，而不是"变得更糟糕"。

在爱中，多给予对方彰显自我价值的机会，这是一种更有智慧和慈悲的爱。

# 在亲密关系里，你是要快乐还是要对错

“从此公主和王子过上了幸福的生活。”

多少人因为这句话，带着对幸福和快乐的期待，走进了亲密关系。又有多少人在走进亲密关系之后发现相爱的两个人，原来会有这么多的争执和冲突。而那些争执和冲突，在葬送了多少美好的亲密关系后，有多少人发现很多根本不值一提？

以前，我和我先生也特别爱起冲突，一点点鸡毛蒜皮的事，都能吵个天翻地覆。吵来吵去，我们无非就是为了争一个对错：证明我是对的，你是错的。结果对错没整出来，冷战倒是经常会发生。这种阶段性的反复冷战，对一个人的精力和心力是一种巨大的损耗。为此我曾经找了心理咨询师，花了巨资去做咨询，却丝毫没有改善我和老公的关系，直至我在《亲密关系》一书中看到了一句话，我茅塞顿开——

“在亲密关系中，你要的是快乐还是对错？”

书中说一心想要证明对错的思维方式很容易将亲密关

系中的两个人处于非对即错的二元对立关系之中，极易引发两人之间的争执，让人痛苦，也让身边人痛苦。

“自己痛苦，身边人也痛苦。”这句话戳中了我的死穴，让我很长时间缓不过来神儿。那几年，我在家里争对错，我是对的，你是错的，在对错衡量下，我觉得自己简直是找了一个“猪队友”。争来争去，自己痛苦，身边人也痛苦。

我问自己：“在亲密关系中，你要的是快乐，还是对错？”

如果要的是对错，那就只有“对”“错”两种结果。如果要的是快乐，那就可以创造多种可能性的结果。

就如同，比争输赢更高层次的维度是共赢。

情感中，比争对错更高层次的维度是快乐。

我告诉自己，我要的是快乐。

一旦改变自己所想要的结果，一个人就会随之改变方法以此来获得对应的结果。于是当我和老公发生争执想要一争高低对错的时候，“你要的是对错还是快乐？”这句话就会浮现在我的脑海中，帮我按下暂停键，去思考：怎么样才能让彼此两个人都快乐呢？

正确的发问会带来正确的答案。正确的答案总是让人心生愉悦。

有一次我跟老公说："最近我工作比较忙，下班回家会很晚，你记得晚上睡前给孩子念绘本故事。"老公没同意，说："要念绘本，你自己念，我不念。"听到这句话时，我内心的怒火就熊熊烧了起来，我好不容易压住怒火，保持克制问他："为什么？"他边开车边说："你买回来的那些绘本故事我不喜欢，谁买的谁念。"关于孩子绘本的选择，我和我先生有着完全不一样的喜好。我喜欢选择那些"无用之美"的绘本，希望那些有着美感的文字和画面潜移默化地影响着孩子的审美。我先生喜欢选择那些宣扬良好习惯、品质、品德的故事绘本，希望能够让孩子在故事中懂得更多道理，引导孩子建立良好的习惯。

如果按照以前我的思维方式，我肯定又要在车上当着孩子的面跟我先生一争对错，宣扬幼儿学习阶段"无用之美"的重要性。但是那一刻，我的脑海中浮现了书中的那句话："在亲密关系中，你要的是快乐还是对错？"我想自己看了那么多书，不能光说不练，做假把式呀，这次就践行一下书本上的方法，选择快乐吧。

一个人的想法决定他的做法。当我决定选择快乐的时候，大脑立马快速运转起来，寻找让大家都快乐的方法，结果真的找到了：以后我买我喜欢的绘本念给孩子听，我先生买他喜欢的绘本念给孩子听，互不干涉。这个主意一提出来，我先生非常爽快地就答应了。一家三口在车里面哈哈大笑，原本剑拔弩张的紧张氛围也消失不见了。

“在亲密关系里，你要的是快乐还是对错？”这句话让我看到了发生矛盾时，我们除了争执对错之外的另一个选择，而这个选择可以让我们——

和有情人，做快乐事！

一次有位妈妈前来找我，希望我能推荐一位情感专家帮她解决情感困惑，她说自己和老公闹矛盾了。她告诉我，其实就是两个人在关于孩子爱耸鼻子这件事情上，处理意见不一致。她觉得这是一件小事情，不用过多担心。但是她老公认为这是孩子的一个坏习惯，需要纠正。于是两个人因为不同的看法而产生了争执，恼怒之下两个人又把过往在育儿方面对彼此的不满，如同倒豆子一般一股脑儿全倒了出来。妻子怪丈夫固执死板、不爱听人劝，难以沟通；丈夫怪妻子教育孩子没原则，凡事都是看心情办事。在沟通中，两人都用了语气很重的话语。

对于这类事情的处理方法，我在过往积累了太多的经验。我告诉她，不要花钱请情感专家咨询，她只需问自己："我要的是对错还是快乐？"对错让两个人对立又分离，快乐让两个人兼容又融合。所以夫妻发生争执的时候，换个角度思考一下，想想怎么跟对方沟通，才能让两个人皆大欢喜。

我向她分享了我自己的经验：既然老公持意见A，我持意见B，那我们两个人的意见碰撞在一起，就等于A+B，创造出了一个全新的答案。就如同她觉得教育孩子应该随孩子的天性，她丈夫觉得教育孩子应该要有自己的原则和规矩，两个人截然不同的意见结合起来，那孩子在成长中既有了爱和自由，又有规矩与原则，多么完美的结合体。

听完我的这番解释，她说："眼前一片明亮。"

## 亲密关系是道场

我曾经邀请一位商业上很厉害的朋友在我的直播间做客，分享她的成功心得。她在那次直播中分享了一个关于获得成功的金句："这个世界上没有竞争，只有合作。"当时很多观众听到这句话时非常震惊，其中一位观众向她提问道："是哪些关键的事情让你有了这么厉害的认知和格局？"她告诉我们，是在她的婚姻关系中学到的。

她和她的前夫是同学，为了能够跟他在一起，她放弃了所有，去他所在的城市，与他一块生活与创业。但是生活了几年之后，她的婚姻以破裂而告终。为什么曾经为爱愿意放弃所有，不顾一切地跟所爱之人在一起的她，最后却情感破裂？她在痛苦中不断去反思和复盘，渐渐地借助着这段破碎的婚姻看清了原因：原来在婚姻中，她总是觉得自己比他好，做的决策也比他对，一直把他放在对立面。当一个人把另一半当作对手去比较、争对错时，就会让彼此时刻处于对立与矛盾中，出现感情问题就是必然的结果。

在那次直播分享中，她告诉我们，她大概用了四年时间彻底认清了婚姻关系破裂的原因之后，才真切地感受到无论是亲密关系还是别的人际关系，如果觉得自己就是最厉害的，那自己就是天花板。但如果我们身边每一个人都比我们好，比我们能力强，那更是一件最值得庆祝的事。认清这一点之后，她的世界里从此就没有竞争，处处都是合作了。

如果我们在亲密关系中打破二元对立的狭隘世界观，习得多元化的广大世界观，那我们就能学会接纳、欣赏、兼容以及合作。当我们把在亲密关系中习得的这一切用于面对外面更大的世界时，我们会发现这个世界上竞争少了，合作变多了。人们都说女人如水，我们真的就会成为“水”——既能容纳万物，又能汇聚万物，成为强大的力量！

# 结婚后，如何谈恋爱



我的一个女性朋友，考虑问题特别“理性”，每次都只享受恋爱的甜美，却从不肯走入婚姻。我问她，年龄越来越大，身边也有合适的人，是否可以把结婚提上日程？她说，为什么要结婚？这世上从来没有任何爱情能够永远“保鲜”，婚后的关系都是现实的，所有的感情都会降一个维度，关系里的美好，到最后收获的全是幻灭！所以，她拒绝婚姻，不希望在感情里收获一次又一次的失望。

诚然，热恋的时候，两个人如胶似漆，耳鬓厮磨，一分一秒也不愿分开，幸福甜蜜成了关系的主调。结婚之后，两个人每天从早到晚，大眼瞪小眼，确实会面临很多的挑战。日子一成不变，对彼此了如指掌，相互的新鲜感和神秘感都在降低。草色遥看近却无，何况是两个活生生的人呢？“零距离”的生活的确会减弱双方的吸引力，但有些美好失去的同时，另一些美好会来临。只要我们懂得失去和获得的叠加最后是正数，那么我们必将收获幸福。

很多人都羡慕我和我先生的感情。结婚十年，我们依然能如胶似漆，彼此成为对方最强的依靠。即使经历了很多风雨，我们的心却越来越靠近，感情浓度也越来越高。如果问我婚姻保鲜的秘诀，我会告诉你，结婚之后，也要继续谈恋爱。

## 婚姻中也要继续保持“恋人视角”

恋爱，是对于关系的一种动态选择。如果你因为领了结婚证，就主动完结了恋爱关系，那自然你与另一半的相处，会渐渐失去鲜活的生命力。而如果你选择在婚后继续恋爱，那么你与另一半的关系，本质上和婚前不会有太大的差别，甚至有可能会更好。

在刚结婚的时候，我也曾找不到恋爱时的感觉，因为我和我先生，都是从单独的个体，走进了家庭，彼此都没有经营关系的经验。那段时间，因为生活习惯的不同，生活空间的压缩，导致我们经常发生矛盾。苦闷的时候，我也曾懊悔，为什么要那么早结婚，甚至有过想要离婚的念头。直到有一天，我听到这样一个故事，说的是一个爱花的老太太，每年夏天，她家的门廊都会开满鲜花，附近的邻居都会驻足赏花。

有一天，一个女孩经过她家，边欣赏花边感慨道：

“为什么我怎么也种不好这些花呢？你真是有一双天赐的妙手！”老太太摘下做工的手套，和蔼地笑着说：“你看我这双手，是多么的普通，甚至因为年岁大了，都不是很灵活。种不出好看的花，不能怪你的手。这附近的土地有一层很厚的沙砾，没有足够的养分，只有野草和树不受影响，花比较娇贵，自然是难养成的。”

她戴上手套，继续说：“我铲掉了门口的一层沙砾，又从后山坡挖来了很多树叶沤成了沃土，才把这些花种活。但是你知道我费了多大的劲儿吗？你看到我这院子里有多少枯死的树枝吗？即便是现在，我仍然要每年都从后山挖好多的树叶，沤成肥，撒在院子里。”

种花是这样，幸福的婚姻也是一样的，需要我们铲掉阻碍幸福的沙砾，然后再铺满沃土，才能开出幸福的花来。

阻碍幸福的沙砾有哪些呢？

### 1. 不会表达

很多人说恋爱的时候，我们常常是带滤镜的，看到的更多是对方的优点，但是结婚之后，往往只习惯盯着对方的缺点。恋爱的时候，我们更习惯用欣赏的眼光，结婚之后却往往变成了批判的眼光。也许对方没有变，但我们看问题的角度变了，感受也会变得不同。所以，我们要学会始终如一地保持欣赏的眼光，使用正向的语言沟通。

《妻子的浪漫旅行》里，鲍蕾说陆毅每次开车走错路，她都不会指责他，反而会说这里正好没去过，能到这边其实也挺好的，就当兜兜风。鲍蕾是个非常善于正向表达的人，所以她跟陆毅的感情总是甜甜的。但是我们可以想一下，一样的场景下，当我们的另一半开车走错路的时候，多少人会选择指责。**因为语言上表达的问题，让事情变得更糟糕，是件成本很低却伤害性极大的事情。**那么如何才能避免因为不会表达，导致在语言上伤害了对方，还影响了感情呢？非常简单。一方面，是要多说鼓励的话和表达欣赏。每个人都有脆弱的时候，都渴望被人欣赏和认同，如果我们能够在夫妻的感情中，懂得多从好的方面欣赏对方，多说鼓励的话和表达欣赏，那么对方就能真正感受到伴侣的体贴和温柔，更好地激发出责任和包容，两个人的感情也会越来越浓。另一方面，少用批判和指责的表达。当人被指责的时候，会激发起逆反心理，第一反应会去攻击和辩驳，很难调动理性去认清事实。所以，一旦沟通中出现对峙，两个人往往就容易产生争吵和摩擦，幸福的关系也会深受影响。

### 2. 没有共同的兴趣爱好

**夫妻之间，共同的兴趣爱好就是爱情的升温器。**我认识一位女强人，她和老公共同创业，家庭事业双丰收。难得的是，两个人多年来感情如胶似漆，用她自己的话来说，就是一天不见面，都会非常想念。两个人一块到处飞各地出差、见客户、出席各种活动，假期时两个人一块全国自驾游。有商业同行曾问她和她的老公：“你们俩天天都在一起，难道不腻吗？”她回答道：“怎么会腻呢？我们每天都有聊不完的话题呢！彼此就像是对方最好的朋友。”而她与老公每天说不完的话，来自他们结婚之后用心建立起来的共同兴趣。比如老公喜欢下棋，她就让老公教会她下棋，周末在家的时候两人就一块下棋；她喜欢旅行，老公喜欢历史，于是他们就去那些拥有悠久历史的地方旅行，兼顾彼此的兴趣。两人都喜欢创业经商，于是工作也成了他们感兴趣的共同话题。

心理学家发现，**保持关系长久的伴侣都有一个共同特征，那就是志趣相投。**因为当人了解到对方存在跟自己相似或相同点时，容易对其产生天然的亲近感以及信任感，甚至感到彼此志同道合。所以，如果想要婚后依然保持恋爱的感觉，就让彼此拥有共同的兴趣爱好吧。如果没有，那就从现在开始，用心地经营一个共同的兴趣爱好。那些因为相同的喜好而让彼此产生“我们是一类人”的亲近感，改变“逐渐无话可说”的婚后现状。

### 3. 没有找到夫妻间更好的关系定位

杨绛，作家、文学翻译家、钱锺书的夫人。钱锺书曾评价她是最贤的妻、最才的女，更是形容杨绛是“妻子、情人、朋友”三位一体。

“妻子、情人、朋友”三位一体，我觉得这才是婚姻关系当中两个人最好的定位，彼此是最好的伴侣、最好的朋友以及最能互倾衷肠的情人。“妻子”的身份很好理解，“情人”即生活有情调，“朋友”则是降低期待，彼此包容，有空间感。

在看过很多婚后家庭个案之后，我发现很多夫妻在婚姻的义务与责任的压力下，为了成为“好老公”“好妻子”，始终处于一种规矩的状态之中。虽成熟得体，但是终究少了一丝真情趣与真性情。充满了各种责任的婚姻生活，是需要一些小情调来调剂的。

钱锺书与夫人杨绛之间的小情调之一就是写信。他们无论大事小事，都愿意记下来和对方分享，因为两人都不愿意错过对方的一点一滴。在那些字里行间，两个人互诉衷肠，谈理想、幻想和憧憬，展露不为外人所熟知的那个真实的自我。我与我先生在闲暇时光会喝点小酒，彼此畅聊。我们常常在微醺的状态里，回忆以前的时光，畅谈对未来的憧憬。那些温润的细节，会调动起我们每一根愉悦的神经，让我们重返恋爱状态。

## 活得有“趣”有“妙”，婚姻也会有“情”有“趣”

人生最忌死气沉沉，当你活得有“趣”有“妙”，婚姻生活自当鲜活起来。我和我先生，曾在茶马古道上，伴着星月畅游；在撒哈拉沙漠中，和着狂风和闪电对歌；在呼伦贝尔大草原，对着落日和篝火许愿；在家里的楼顶，顶着大雪翩翩跳舞……当生活的每一天都是新鲜的，过往的吸引力就不会减少。而很多人是因为自己内心少了乐趣，反过来怪婚姻无趣。

虽说夫妻是最亲密关系，但我们依然是独立的个体，所以在相处的过程中，仍然要保持界限感和分寸感，说话做事要顾及对方。很多人在婚姻里之所以疲累，是因为常常没有界限感，总是随意入侵对方的生活，不尊重对方的个体独立性，也忘记了自己可以在精神上很独立。

总是喜欢把自己的思想强加给对方的人，会收获失望；总是想改变对方，对对方有过高要求的人，会一次又一次地受伤。所以，**婚姻里最好的状态是：我是我，你是你，而两个人走在一起，又是“我们”。**我们是情侣，我们是情人，我们也是朋友。

# 你成为最好的自己，是对爱人最棒的回应



结婚十周年的时候，我和我先生把过去的合照编辑成一段Vlog（视频网络日志），上传到网络上。

这段Vlog瞬间获得大家许多的爱心点赞！很多人给我们留言祝福，有人留言说："结婚十年，原来可以这样幸福、富足和笃定。"有人留言说："你们完美地诠释了什么叫幸福的婚姻。"甚至有人说这段视频让她看得热泪盈眶："原来好的婚姻会让人的状态越来越好，而不是让人越来越老。"

其中有个离异单身妈妈的提问，让我印象深刻，她问："如何才能像你这样，找到称心如意的另一半？"

这些年向我问这样类似问题的人，并不在少数。在大多数人的眼中，拥有一段幸福亲密关系的关键，是要找到称心如意的另一半。因此很多人不停地找，希望"有一天他会在一个万众瞩目的情况下出现，身披金甲圣衣，脚踏七彩祥云来娶我"。而在我看来，这样的做法本末倒置

了。一个人，不是因为拥有了一个称心如意的另一半，才能拥有幸福美满的亲密关系；而是因为拥有了一个最好的自己，才能吸引来称心如意的另一半，拥有一段美好的亲密关系。

我记得青春期时，曾无意中看过一段关于作家铁凝的采访文字。铁凝30多岁的时候，有次见到冰心，冰心问她："姑娘，成家了没有？"铁凝回答道："没有。"冰心告诉铁凝："嗯，不要找，要等。"

"不要找，要等。"这句话一直在我的脑海中挥之不去。那时的我，没有对感情和婚姻的深刻理解，却凭直觉领会到："不要刻意去找称心如意的人，而是等你成为那个称心如意的自己时，那个称心如意的人自然会出现。"

所以现在被身边的好友问到关于幸福婚姻的经营之道时，我总觉得没什么太多的经验可分享。因为真正的爱，其实就像呼吸一样简单，简单到你只需要做一件事就好，那就是做最好的自己！

## "拯救型""牺牲型"，让你感觉累的，就不行

因为平时咨询我感情问题的朋友很多，我在回复的过程中总结了一个"如何判断一段亲密关系质量"的小方

法。这个方法很简单，一学就会。那就是看看一个人在亲密关系中的变化：是变得更好看了、更快乐开心了，还是变得更累、更疲惫不堪了。我经常跟身边的朋友分享，一个人在亲密关系中过得好不好，不用听她怎么说，只需要看看她的脸就知道了。

有次，我偶遇一位老朋友，我们年纪相仿，步调也一致：差不多的年龄结婚生子。几年不见，我见到她时竟有些恍惚：眼前的她，脸上被一层浓浓的憔悴感所笼罩，整个人全身上下都弥漫着一种暮气沉沉的感觉，全然没有几年前朝气昂扬的模样。我们聊起最近几年的生活变化，她的言语之间全是围绕着家庭、老公和孩子。她说她牺牲了自己的时间和精力，家里大大小小、里里外外的事情全部都是她自己一个人在操办，全身心扑在老公和孩子身上，把自己累得够呛，结果家人没有一个人领情，她说的话，也没人听，完全吃力不讨好。

这位老朋友属于亲密关系中常见的"牺牲型"的人，为了照顾家庭，牺牲自己，正如她自己所说，"自己累得够呛还不算，还得不到家人的认可"。这样的付出，在中国式亲密关系中并不少见，除了累人，还消耗人的能量，久而久之，一个人的光彩就会在付出中，消失殆尽。

在亲密关系中，累人的除了“牺牲型”，还有“拯救型”。我认识多年的一位创业女首席执行官（CEO），她分享了自己经历过的一段身心俱疲的恋爱经历，在那段亲密关系中她扮演的就是一位“拯救者”的角色。那几年，她跟一位有抑郁症的男生交往。在这位男生面前，她的“圣母心”就会泛滥，一心想把他从抑郁的状态中拉出来，想要用自己的爱去拯救他！用她的话来说，那几年她全身心扑在对方身上，想让对方变得好起来，但是对方抑郁的情绪像一个无底黑洞，不停吸她的能量，那段恋情的最终结果是她的能量被消耗殆尽。

## 遇见更好的自己，才能遇见更好的人

我曾跟很多人一样，在亲密关系中扮演过“牺牲者”和“拯救者”的角色。我一度想通过牺牲自我，拯救对方，那时的我以为这是一种“伟大”的付出。现在回头看，当初那个“牺牲型”的我的背后，隐藏着深深的“不配得感”：觉得靠自己，不配成功、不配获得自己想要的未来，于是把自己依附在另一半身上，期待通过男人来实现梦想。当我使出全身力气想要改造对方的时候，亲密关系却变得越来越糟。糟糕到最后我连改变对方的力气都被消耗光了。当我没有力气再去牺牲自己、改变对方，于是我掉转头把所有的能量用在自己身上，把所有的时间都用来去做自己想做的事情，把所有的精力都用来去追求自己的梦想，神奇的事情发生了——那个曾被我视为不完美的老公，变成了完美老公。老公还是同一个老公，在这个过程中变化的只是我自己。因为只有遇见更好的自己，才会遇见更好的另一半。

结婚十年，我曾无数次想象过用浪漫、隆重的仪式来庆祝结婚十周年这个日子。但是当结婚十周年纪念日真的到来的时候，我们却如同过去3652个寻常日子一般，一块吃饭、散步、聊天、陪伴孩子，内心却无比丰盛和满足。我先生在那一天写下这样一段文字："结婚十周年，没有浪漫瞬间，也没有仪式感，只有平淡与真实，包容与尊重。"看着他的文字，那一刻我真切地感受到——

当你允许自己成为自己，你也会允许爱人成为他自己！

当你成为最好的自己，不在一起时，我们是最好的个人；在一起时，我们便是最好的爱人。

当你成为最好的自己，可以自己照顾好自己，不依赖对方，不向对方索取，不斤斤计较，不抱怨，不指责，爱便会回归到最纯粹的模样，像呼吸一样简单、轻松，时时刻刻充盈在我们身边。于是，每一个平凡时刻，都是值得我们回味的幸福时刻。

于是，我总是这样建议我的女性朋友：把所有的能量都用来发展自我——阅读学习，内修心；运动健身，外修形。当我们把所有的能量都用来滋养自己，不损耗不内耗时，我们会由内而外地呈现出健康的状态。作家冯唐说："身体、智识、情感、神灵，全面健康的女生最美丽。"真的，如果你见过健康的女生身上那种蓬勃昂扬的朝气，就会被这份健康之美所吸引。只有这样的女性，在亲密关系里，才更有魅力。

在我结婚十周年的Vlog留言里，有一位名叫"爱满自溢"的粉丝写给我的话获得无数的点赞，她写道："我也是结婚十周年了，两个女儿，在遇见你之前跟丈夫冷战是家常便饭，后来认识你，听了你的建议，把所有的能量用来发展自我之后，我和丈夫之间的冷战就开始慢慢减少，到如今已经跟你一样幸福了！非常感谢你！"

我很喜欢这样一段话，想把它送给每一个渴望幸福的女生——

"不害怕被抛弃，才能活得随心所欲。不缠着别人要求保障，伴侣才能在没有负担的状况下，回应我们的爱。"

人生很长，你会发现，依靠别人，始终是场赌博。而让自己成为最好的自己，是对自己、也是对爱人最好的回应！

家长无为，孩子才有为

你常说的这五句话，会拼接成孩子的新世界

从任正非身上学到的亲子方法论

活成孩子所渴慕的大人

# PART 5

# 做一个快乐且坚毅的职场妈妈

就因为没时间，所以才能办得到

坚定地做自己，温柔地爱孩子

# 家长无为，孩子才有为

在跟大宝玩躲猫猫的时候，我躲，他来找我。我和他玩过很多次这个游戏，每次他都会找到一些不一样的新花样，比如这一次，他一边找我一边即兴编词编曲，把整个寻找的过程全都唱了出来：“妈妈妈妈在哪里，妈妈妈妈不见啦，这里也没找到她，那里也没看见她，妈妈妈妈在这里，喵喵喵！”

他创作歌曲的这个举动，让我惊喜。游戏结束，我抱他在怀里说：“天啊，你会自己创作歌曲啦，你真的太棒啦！你是一个幸运男孩。”接着我拉着他开始数数。到目前为止，他的“才能库”里面拥有技能大概有：画画，踢球，拍照，跑步，骑马，英语交流，创作歌曲，主持，搭积木，骑自行车，会玩游戏，能讲故事。他不仅有很强的领导力，审美力也很好，许多被人夸赞搭配得好的衣服都是他主动挑选购买的。

在我的眼里，他就像一个宝藏，我就是开采宝藏的那个人。我一边等待一边观察，一点一滴地记录下他现有的宝藏，不断地告诉他属于他的宝藏有哪些，帮助他发现或发挥自己的天赋。在这个过程中，我享受这一份无为的过程。

“为学日益，为道日损。损之又损，以至于无为。无为而无不为。取天下常以无事，及其有事，不足以取天下。”这是老子写在《道德经》里面的一段话，大意是追求知识的学生注重每天都多学一些。追求道的学生注重每天都失去一些。养育孩子的过程，在我看来，就是“为道日损”——追求道。不断地脱掉那些无关紧要的部分，直到只剩下孩子本性中最重要的事情。

我曾经看到一位非常棒的绘画老师说过这样一段话：“好老师从不教画画，而是去发现和挖掘另外一个生命体本来就有的东西，然后鼓励他尽情地表达出来。”

如同米开朗基罗雕刻大卫一般，有人曾经问他怎么把大卫雕刻得这么好。米开朗基罗回答道：“大卫本来就在这块石头里，我只是把不是大卫的部分去掉，剩下的就是大卫了。”

而大宝就是我的大卫，我就是米开朗基罗，我一点点地帮他去除掉不属于他的部分，剩下的就是他本性中最重要的部分了。养育孩子之所以能让我处在轻松不费力的状态，就是这个原因：无为比有为，四两拨千斤。

但是也有很多家长，在用尽全力地让原本是天才的孩子泯然众人。什么样的人才是天才？在《纯真》一书中奥修写道："天才是不允许社会把自己简化成机器人的人，这是我对天才的定义。每个人生来都是一个天才，但是人们很快就妥协了，而当他们妥协的时候，他们的天分也就消失了，他们的聪慧也就死亡了。"

在一些家长的心中，听话成为孩子优秀的唯一标准。不顾孩子内心的真实想法，让孩子去学自己不喜欢的各种兴趣班，慢慢地，孩子将自己的选择权通通交付给别人，不再能听见自己的声音。而一个孩子开始变得顺从和无条件听话的时候，就是一个天才泯然众人的开始。这不是让孩子"赢在起跑线上"的教育，而是让孩子"输在起跑线上"的教育。当家长过度有为干涉和掌控一个新生命的自然成长的时候，孩子的天分就会被扼杀。

畅销书《好妈妈胜过好老师》的作者尹建莉说："无为不是一种技巧，更不是不作为，它是一种境界。当下从家庭到学校，都是做得太多而不是太少，这导致下一代作为一个独立生命赢取的机会反而减少。无为是最高的作为，内功练的是谦卑、智慧和慈爱，谁领悟了这份简单，谁将成为教育的赢家。”家长的无为，并不是对孩子不作为，而是对孩子的生命抱着谦卑和敬畏的态度，尽量多去看见孩子生命中原本就有的闪光点，发现挖掘以及培育，引导孩子走上属于自己的天命之路。

## 尽可能多创造机会带着孩子<br>欣赏最顶尖的艺术品或最璀璨的文化

我在UP读书会的分享中经常会说，如果有可能，一定要让自己或者孩子有机会去跟最顶尖级的老师学习；如果有机会，一定要让自己带孩子去博物馆或者艺术馆欣赏最顶尖的艺术展品，或者那些最璀璨的文化。因为最顶尖的人、事、物的本质都是相通的——无为带来的强大的美的力量。

在《红楼梦》中，薛蟠走后，香菱搬到大观园和薛宝钗一起居住。香菱酷爱诗歌，借此机会便拜林黛玉为师学习作诗。在黛玉的指引下，香菱作诗的功夫大有长进，而黛玉是如何教香菱作诗的呢？

香菱笑道：“我只爱陆放翁的诗‘重帘不卷留香久，古砚微凹聚墨多’，说的真有趣！”黛玉道：“断不可学这样的诗。你们因不知诗，所以见了这浅近的就爱，一入了这个格局，再学不出来的。你只听我说，你若真心要学，我这里有《王摩诘全集》，你且把他的五言律读一百首，细心揣摩透熟了，然后再读一二百首老杜的七言律，次再李青莲的七言绝句读一二百首。肚子里先有了这三个人做了底子，然后再把陶渊明、应、谢、阮、庾、鲍等人的一看。你又是一个极聪敏伶俐的人，不用一年的工夫，不愁不是诗翁了！”

只此短短几句话，就足以证明黛玉是一个顶尖的高手和老师，她不教人用什么样的技法写诗，不纠结于技法的细枝末节，而是直接帮香菱用最顶尖的诗词滋养自己，搭建大格局，站在巨人的肩膀上。顶尖的老师最牛的地方是了解学科的脉络和内在本质，一出手就把学生引向本质规律，绝不浪费在细枝末节上纠缠不清，空耗学生创作的热情能量。

作为家长，如果能遇到这样的顶尖老师，就坚决不要放过，让孩子随之拜师学习，这是家长和孩子一生的幸运。如果没有遇到这样的老师，那作为家长就要学会创造条件，多带孩子去参观博物馆、艺术馆、历史遗迹等。让他们去看世界上那些璀璨耀眼的顶级文化。

这些地方存有一流的艺术品，穿越时空流传至今，携带着创作者创作时的无为的频率。怎么来形容这种无为的创作状态呢？用约翰·列侬的一段话来回答：“真正的音乐，是来自宇宙的音乐，是超越人们理解的音乐。当它们走到我心中的时候，它们与我本人无关，因为我仅仅是一条通道。”

当我们驻足欣赏这些伟大的艺术文化时，我们不仅连接了创作者，更重要的是通过创作者这个管道，将我们与天地万物连接在一起，从而通往更大的存在。人能常清净，天地悉皆归。只要我们不干扰孩子，让他们保持如湖水面般的清晰宁静，天地万物的力量就会源源不断地回到他们的内在，他们的内在有一股如同盘古开天辟地时的洪荒之力，源源不断地流淌出来。一个鲜活有力量的生命，就在此自然地发生、生长。

# 你常说的这五句话，会拼接成孩子的新世界

最近我家大宝的绘画兴趣大增，于是我就引导他巩固这个兴趣。其实与其说是培养他的兴趣，不如说是通过兴趣去塑造他的语言系统。

语言的力量，很多时候都被我们低估了。那些真正了解语言力量的人，会对自己所说的话非常小心。只要观察语言所造成的反应，我们就会明白语言不会“空转而回”。

透过自己所说的话，每个人都在建立自己的法则。对孩子而言，也是如此。孩子从家长身上学会的每一个词汇，都在塑造他的世界。

## “我们来创作吧！”——点燃孩子的生命力

在我发现大宝喜欢画画之后，我就有意识地对他说：“我们来创作吧！”我希望能培养他无中生有的创造力。

在这之前，他画画喜欢模仿，如果眼前没有参考的画作，他就会说：“我不会画。”根据霍金斯能量层级理

论，同样一件事，但是由于做事的人本身所具有的频率不同，所带来的结果就会不同。如果孩子从小就习惯了跟在别人后面模仿，那长大后也很难摆脱模仿的习性，习惯跟随别人，而不是引领和创造。

习惯模仿的人，思维模型是跟随别人的。习惯创造的人，思维模型是自我引领。脑海中看不见的思维模型，会导致人产生不一样的价值观，给人带来不一样的命运。这就是我为什么会看重孩子的创造力的原因。

当孩子产生畏难情绪而想要模仿画画时，我就跟他说："我们来创造一幅画吧！不用去模仿别人的，自己想画什么就画什么，一样可以画得很棒的！"这些语言，我说得多了，慢慢地，就潜移默化地种在了他的心田。他开始随心所欲地画画，把所有的情绪和小脑瓜中的想象都付诸笔端，心里有什么，就画什么，下笔时一心一意，旁若无物，下笔果断。

当他不再以外在的标准作为自己的标准，而是与自己的内心在一起时，内心的爱与热情成为他的唯一标准，炙热的情感付诸笔端，生命被表达，于是生命就有了力量，直击人心。这瞬间，他就成了一位艺术家。木心说："伟大的艺术家是飞鸟、天鹅、老鹰，不看指南，飞就是。"

“我们来创作吧！”这话的背后，是让孩子学会调度他鲜活的生命力，让创作力从心出发，犹如喷泉一般，在自己的生命画布上不断涌现。

## “哇，你是个天才！你在这个方面很有天赋！”——挖掘孩子的天赋力

天赋力是生命力的表达。我家小孩画完画之后，总喜欢拿着他的作品问我画得怎么样。我会认真地看着他的画，然后非常肯定地告诉他：“哇！你是个天才！你在这个方面很有天赋！”每次得到这样的回应，他就会很开心，于是继续开心地画画。

作为家长，真正看见孩子是一件很重要的事情。这种看见，是指你能发现孩子身上的潜能，然后好好引导和呵护，这份潜能就是孩子与生俱来的天赋力。

“你灵魂里有生命的力量，探寻那生命吧。你身体的矿山里有宝石，探寻那矿山吧。喔，旅者，你若在找它，不要往外看，要往自己里面看，然后寻到。”

当孩子一旦展现出对某件事情的热爱，请你看见它，然后好好呵护引导，因为天赋力的背后潜藏着一股强大的力量——内在驱动力。

一个人做一件事的动机无非是两种：一种是内在驱动力，一种是外在驱动力。内在驱动力是来自于内心“非做不可，不做就难受”的饱满热情和渴望，外在驱动力是来自于外在的监督或要求：你应该而且必须做这件事。两者出发点不同，最终到达的终点也不一样。世界上获得卓越成就的成功人士，都是靠着内在驱动一往无前，直达巅峰。

我希望借由孩子的天赋力，让他的内在驱动力指引着他，攀上人生的巅峰。

## “用天赋创造财富”——从小培养孩子的财商力

天赋力是财富力的起源。

我的原生家庭告诉我，如果想要赚钱，就要好好工作。很多同龄人也跟我一样，从小接受着类似的观念长大，于是为了找到有前途的工作，很多人会舍弃自己的兴趣和喜好。

世界上有没有鱼与熊掌兼得的事情？有的！用天赋创造财富！一边做自己喜欢做的事情，一边源源不断地创造财富。那些世界上有着巨大财富的优秀人士，都是用自己的天赋在创造财富，为世界服务。简单来说，就是把喜欢的事情拿来当饭吃。

我告诉我家小孩："你可以把你画得很好的作品卖出去，这叫用天赋创造财富。"他记住了这句话。有一天我下班回家，他告诉我他开了一个画展，希望我能买他的画。我看了这位小艺术家的画展，办得真不错，而且每一幅画都明码标价，我从中挑了两幅画买了下来。

他说，他在沙滩公园看见了一辆房车，觉得很威武，车上有房间、床，还有电视机和厨房，他想要买一辆房车，所以就通过画画赚钱和攒钱。最后他还很认真地告诉我："妈妈，我是用天赋创造财富。"我点了点头，给他一个大大的赞，真棒！有一天，他又创作了一副新的绘画作品《五颜六色的毛毛虫》，我把这幅画分享在朋友圈，一位深圳的朋友看到之后非常喜欢这幅画，决定花钱买下它，作为收藏。他告诉我："每一个小朋友的梦想都值得被看见。"

告诉孩子，他们的天赋不但会让自己开心愉悦，也会滋养到别人。"做滋养自己的事情，同时又能滋养和帮助到别人，商业的良性循环就开始了。"这就是"用天赋创造财富"。

# “我们来想个办法吧！”
## ——培养孩子解决问题的能力

大宝遇到问题向我们求助的时候，我们会用一句话来引导他：“我们来想个办法吧！”这句话很有魔力，可以开启孩子解决问题的能力。我们说得多了，他也就把这句话当作了自己的口头禅：“让我们来想个办法吧！”基本上他说出这句话没多久，就能找到解决问题的办法。

比如家长经常会遇到孩子开口说要买玩具的时候，我建议大家可以多用这句话，和孩子一起多思考除了花钱买玩具，还有没有其他的解决办法。

我家大宝喜欢奥特曼，经常要买，可是家里已经有很多奥特曼的玩具了，怎么办呢？于是我就跟他说：“我们来想个办法吧，看看有没有不花钱就能拥有奥特曼的方法。”好的问题会带来好的答案。这个问题一提出来，我们就找到了比花钱买奥特曼更好的方法，那就是在沙堆上堆出一个独一无二超级无敌的奥特曼。“我们来想个办法吧。”一旦孩子学会了这句话，孩子就成为了解决问题的小能手。有次他想要买书，我就问他：“除了我付钱帮你买书之外，还有没有其他的方法呢？我们来想个办法吧。”于是我们就一块想出了一个好主意——卖掉家里的旧绘本，把卖旧书的钱用来买新书。说做就做，我们立刻就行动了，到目前为止我们已经卖了三次旧绘本，赚了五十多块钱。我就用他卖绘本的这些钱买了新绘本回来。多对孩子说这句话，帮助孩子培养解决问题的能力。

## 先存后用——培养孩子的存钱能力

当孩子学会用天赋力和解决问题的能力创造财富的时候，家长就需要及时培养孩子的存钱能力。

有一天大宝打算把他的一幅画作以两块钱卖出去，再用这两块钱去买寿司。听到这句话，我眉头一皱——这句话极其平常，可仔细一想发现又有点不太对。我静下来思考了一下，找到了答案。这句看似极其平常的话的背后，印证了《财富自由之路》这本书里提到的一个观念：“有人赚钱的目的是为了花钱。所以一旦手里有了钱，就想着要怎么花出去。”

小孩是父母的一面镜子，他之所以这样说，一定是因为平时我们在谈谈话中，对彼此，也对他说了这样的话——有了钱，我们就可以买某样东西了。

看似极其平常的一句话，其实在孩子的生命中种下了一颗不怎么好的种子——赚来的钱，就是要用来花掉的。

富人思维是，先存后用。帅老师在他的《优势成长》里写到，他从使用第一笔钱开始，就被母亲告知，先存后用。小到一个红包，大到其他收入，只要是钱，拿到手的那一瞬间，他的本能反应就是存钱。于是小钱就存成了越来越多的钱，最后这些钱可以集中力量干大事。

而看看身边数不胜数的例子：钱一到手，就花得所剩无几。所有的力量都被分散耗尽，人生做出大成绩的概率就会降低。

你有没有对孩子说过那样的话——有了钱就能买你想要的玩具了。下次开口说这话前，你不妨对孩子说："我们有了钱，先存后用。"父母的一次觉知，也许就能替孩子斩断一次命运旧有的轮回。

过节的时候，我们回老家，大宝收到亲戚给他的红包后把钱给我，问："妈妈，我们有了钱后第一件事情是要做什么？"我故意装作不知道，反问他："是要做什么呀？"他得意地说："存起来呀！"我心中一喜，原来他一直记得我说的话："有钱后先存后用。"我继续跟他说："你真棒，我们有钱的第一件事就是存钱，这样以后就会有越来越多的钱。"于是我把红包钱让他亲自数一数、摸一摸，再让他把钱放进存钱盒，让他体验“金钱越存越多”的真实感受。最后，我又问了他一个问题：“你知道，为什么大家都给你红包吗？”他摇摇头。我说：“因为大家都爱你呀，就像我们去别的亲戚家也会给红包他们，是因为我们爱他们。那你把这些红包钱存起来，越存越多，等你长大了，你也有钱可以给别人红包来表达你的爱啦！”

存钱的最终目的，并不是只为了存更多的钱，而是让我们有更多的能力做更大的创造，向这个世界表达我们的爱意。

“我的语言的界限就是我的宇宙的界限。”

释放孩子的生命力，从各种鲜活的表达中看见孩子的天赋力，再从天赋力中培养孩子的财富力，在创造财富的过程中有意识引导孩子提升解决问题的能力，以及不断累积财富的知识和能力。这就是以下五句话背后的魔力——

“我们一起来创作吧！”

“哇，你是个天才！你在这个方面很有天赋！”

“用天赋创造财富。”

“我们来想个办法吧！”

“先存后用。”

你不妨也试着对孩子多说说这几句话，孩子学会的每一个新词汇，都在拼成他的新世界。

# 从任正非身上学到的亲子方法论

我是任正非的忠实粉丝，所以经常研究他的采访文字。在这些采访的字里行间，我被任老的大格局、大视野和大胸怀深深震撼。如果说华为是一个孩子，那任老就是它的父亲，正是任老这位老父亲那少人企及的格局和远见，华为这个孩子才一步步从中国走到了全世界。

望子成龙望女成凤，是很多父母的共同心愿。为了实现这个愿望，很多父母铆足了劲送孩子上兴趣班、名校，希望孩子赢在起跑线上。人类史上的财富巨头洛克菲勒在写给儿子的38封家书里面，对儿子说，在你很小的时候我就把你带在身边，是希望给你一个更高的起点。

洛克菲勒知道，父母才是孩子真正的起跑线。真正明白这个道理的父母，会不断地提升自我格局和视野，借此让孩子站在自己的肩膀上，去看见更广大的世界。这样的父母会给他们的孩子带来终其一生的一种运势——父母运。这些父母会通过日常践行把价值观点点滴滴都渗透到孩子的生命中，在孩子成长的过程中，如春天的暖风和夜里的星空，助孩子舒展生命的力量。



## 父母的高格局给孩子带来好的父母运

作为家长，我们可以借鉴、学习任老这位老父亲在引领他的孩子华为成长的道路上的“亲子教育”理念，给予孩子更强大的父母运。

华为从一个默默无闻的小企业成长为中国民营企业的标杆，有很多因素，其中最突出的就是“人才战略”。任老在对待“人”的问题上，非常睿智和从容，他曾经说过：“所有一切失去了，不能失去的是人，人的素质、人的技能、人的信心很重要。”正因为他对“人”的高度重视，才让华为在成长的路上始终自信满满。

在UP读书会有一个会员妈妈，孩子准备中考，但是成绩并不好，她很担忧，这种担忧已经严重影响到她和孩子的亲子关系，甚至影响到孩子的自信，孩子过得很不开心。于是她来找我咨询。我说，妈妈的担忧其实是对孩子的一种诅咒，与其担忧，不如选择信任、支持和祝福孩子。因为担忧会让彼此之间的距离越来越远，最终积少成多，担忧还可能成为压垮骆驼的最后一根稻草。相反，如果她给予孩子无条件的信任、支持和祝福，就算经过努力，他的成绩还是不好，至少他还保有对妈妈的信心。这份信心足以让他在自己的生命道路上披荆斩棘。

这位妈妈听话照做了，从担忧模式转化到信任孩子的模式，后来她发消息给我，孩子马上就要中考了，谢谢你陪我度过了生命中最艰难的时刻。

如同任正非培育华为，我们在培育孩子的过程中要清醒地知道，什么是最重要的！孩子的信心是最重要的！其他的就算暂时没有，但是只要孩子对自己有信心，那一切都可以借助这份信心，被创造出来。

## 天赋教育，让孩子敢做自己

任正非曾说："我就是最典型的，就是短板不行。我只做长我这块板。再拼一块别人的长板，拼起来不就是一个高桶了，为什么要自己变成一个完整完美的人？完美的人就是没用的人，我们公司从来不用完人。"

前段时间我在微博上看到一则新闻，某小学的一位男同学爱极了烹饪，喜欢看国内外的烹饪节目和杂志，每天给下班回到家的爸妈煮特别美味的饭菜，梦想成为一位顶级的烹饪家。但是他的学习成绩却不好，爸妈极度担忧，认为学习成绩最重要，甚至找到学校的心理老师，希望心理老师能够给孩子做疏导。

如果是放在以前，我有这么一个孩子，那我肯定也会采取跟他爸妈一样的行为，为孩子感到担忧，甚至使出全身力气把孩子“掰”到正道上。但是现在的我不会这样作选择，因为我知道这样做，只会让世界多一个平庸的普通人，而少了一个极具天赋的顶级烹饪天才。

任老说，只做自己的长板，不做短板。他一生践行的就是天赋教育。一个人的天赋隐藏在自身擅长的事情里面。作为家长，只要稍加观察就可以帮助孩子在童年时期发现他们的天赋爱好，然后在行为上给予支持和引导，使孩子的兴趣爱好可以持续。当别人还在为选什么专业和工作而苦恼的时候，那些早早就明确知道自身爱好的人，已经找准赛道为自己努力，享受极大的满足和快乐。

“能够在很小就找到一辈子的兴趣，能够把兴趣作为职业，且该职业的市场需求很大、工资高，而且能够在职业中找到自己存在的价值，并且能够做出突破研究的人，极其的幸运。”

做自己的长板，短板就交给那些擅长的人去做吧。

## 父母的大爱，是让孩子“家里有矿”

任正非在一次采访中说道：“我们要帮我们的朋友有良好的业绩，我们要和全世界的供应商做好朋友。”从这么简单的一句话，就可看出任老的心胸格局。

人的一生会经历四个不同的阶段：

1. I’m not ok, and you’re not ok.（我不好，你也不好。）

2. I’m not ok, and you’re ok.（我不好，你很好。）

3. I’m ok, and you’re not ok.（我很好，你不好。）

4. I’m ok, and you’re ok.（我很好，你也很好。）

在孩子很小的时候，面对着这个被大人们占领和主导的世界，他们基本都是第一种阶段：我错了，你们也都错了。而当面对家长和老师的时候，孩子经常面对的窘境是：我错了，你们都是对的。

在孩子的早年，世界是一种感觉。这种感觉无法被描述，只能被接受，然后变成一生的底色和底层代码。所以很多人如果没有更有智慧的父母指引，很可能终其一生都在前面三个阶段穿梭。

1. I’m not ok, and you’re not ok.（我不好，你也不好。）

2. I’m not ok, and you’re ok.（我不好，你很好。）

3. I'm ok, and you're not ok.（我很好，你不好。）

大多数的人都无法进入第四个阶段：我很好，你也很好，我们都很好。很多人都处于：见不得别人好。

做孩子的父母，应当让自己拥有任老的心胸格局，告诉孩子："我们不但要自己好，也要去祝福、支持和帮助别人，我们一起越来越好。"文明社会的财富有很多种，但是这种大爱是稀缺和贵重的。而那些能在年幼时通过父母接受这样的爱的教育的孩子，这才是真正的家里有"矿"！

让孩子更好地成长的一个捷径，就是找到一个好的老师。作为父母，我们应该不断提升自我格局和胸怀，给孩子做榜样。为师表，我们也可以带着孩子向这个世界卓越的老师致敬学习。一流的老师，比如任老，他们生命的内部有智慧的结构和自然的秩序，符合"天道"，不以言语说教，传递情感和理智。一旦"天道"的感染力在孩子身体内着陆，就会种下智慧的结构和自然的秩序，孩子的一生都将散发出人性的美好光芒。

# 活成孩子所渴慕的大人

小时候，你曾想过自己早点成为大人吗？我有。在我想买自己喜欢的玩具，但是大人不让买的时候；在我想做自己想做的事情，但是大人不让做的时候；在我想去自己想去的地方，但是大人不让去的时候，那时小小的我，总会在心里想着：“等我长大变成大人就好了，等成为大人之后，我就可以自由自在、随心所欲地做自己想做的事情了。”

在小小的孩子心中，成为大人，意味着终于可以自己做主，选择过自己想要的生活。

曾经心心念念想成长为大人的你，现在是你想成为的大人的模样吗？

## 你活成自己想要的大人模样了吗？

我在选拔小主播的活动中担任过一次评委，当时要面试200多个孩子。跟小孩子的互动是非常有趣的，童言童语，你不知道他们的答案都充满着怎样的趣味性。但是，一个不经意的问题，却让我陷入了深深的思索当中：

## “做大人好，还是做小孩好？”

现场的孩子比较灵活，所以我问了他们这么一个比较有趣的问题，一方面是想考验一下孩子们的思辨能力，另一方面可以听听孩子们的观点，尤其是想听听，孩子们眼中的大人是什么样的。

我以为小孩子们肯定会选择大人，因为在与他们的互动中，通常最占主导权的往往都是大人。但是非常遗憾的，几乎所有的小孩子，都选择了做小孩，无一例外。

我很好奇，于是问孩子们：做小孩的好处有哪些？

孩子们告诉我，做小孩可以尽情地玩，可以想做什么就做什么，可以很开心。

我又问：那为什么你们不想做大人呢？

我很好奇在这些孩子眼中，大人给他们带来的是一种什么样的印象。

孩子们告诉我，他们之所以不想做大人，是因为大人太忙太累，整天都有忙不完的工作，压力很大，需要做自己不喜欢的事情，不开心。

听到孩子们的这些答案，我的内心颇受震撼，也有些遗憾和抱歉，遗憾的是，大多数大人也许自己都没有想过，自己已经活成了自己年少时最讨厌的样子。每个人在小的时候，都对未来的自己做过无限的憧憬。但那时的我们，憧憬的明天是怎样的意气风发，是怎样的自由。反观现在的我们，真的还是理想中的自己吗？身为长辈，我们没有让孩子们看到岁月赋予大人的更多可能性和更多自由度，没有尽到足够的引领作用，让孩子对我们失望了。

当所有的小孩都不想成为大人时，我们是不是应该做做自我反思？

## 成年人活出自己，是为自己开路，也是为孩子引路

一个周末的晚上，我在微信上收到一个陌生妈妈发来的信息，大概内容是她希望大家帮她砍砍价，因为她的孩子想要一辆儿童平衡车。不用想，这一定是群发！

我很疑惑，作为一个成年人，为何会为了便宜几十块钱，大动干戈地把消息群发给所有人，包括像我这样跟她原本就不熟悉的陌生朋友？这不是对别人的一种干扰吗？于是我好奇地问这位妈妈，这样做难道不觉得是一种很冒昧的行为吗？这位陌生妈妈发来的回复是：我希望通过这种方式告诉我的孩子，成人的世界里没有“容易”这两个字。

看到这句话，我的内心五味杂陈：一个人的说法就是

一个人的做法，一个人的做法会决定一个人的活法，每个人都是在用他的语言法则建立自己的世界规则。

面对年幼的孩子，我们有很多的选择，有很多语言可以来形容我们所处的这个成人世界，帮助孩子建立他最初的世界观。但是这位妈妈偏偏选择了“不容易”这个带有沉重枷锁的词语来帮助孩子树立最初的世界观。作为成人，如果自己本身过得就不容易，那是不是可以多去外面的世界看看那些过得容易的成年人他们是怎么做到的？然后借鉴学习，为自己所用，尽量让自己的生活过得轻松容易。这样就可以从自己这一代人身上，切断“不容易”的命运轮回，进入到全新的增长点中，而不是把自己不想再过的“不容易”的日子，再次复制到孩子身上，让孩子在相同的命运中再次轮回。

面对不容易的事情，有的人继续重复，有的人动脑筋，选择让不容易变得容易起来。阅读不是一件容易的事情，因为所有的学习和教育都是“逆”人性的。

好几次我无意中听到家里的老人对我的孩子说：“爸爸妈妈工作很辛苦，赚钱很辛苦，所以你要听爸爸妈妈的话，知道吗？”虽然我知道老人是一片好心，但是每次我都会打断这样的对话，然后告诉孩子：“爸爸妈妈工作很开心呀，我们都很享受自己的工作，而且爸爸妈妈挣钱也不辛苦。因为我们都在做自己喜欢做的事情，做自己喜欢做的事是可以为自己带来更多的财富的。”我之所以这样告诉孩子，是因为我不希望让孩子将工作、赚钱与辛苦画上等号，这样孩子会误以为赚钱就必须很辛苦，要想赚钱，就必须去做那些自己不喜欢的事情，如果做自己喜欢做的事情就是玩物丧志。但其实世界上还有另一种轻松的活法——就是做自己喜欢的事情，用自己的天赋创造财富。

作为大人，我们和孩子在一起的时候，应该意识到自己所说的话、所表达的观念和所处的状态，都在潜移默化地影响着孩子。

作为大人，如果我们自己都没法享受自己所做的事情，没法享受自己的生活，那我们又如何唤起孩子对他们自己未来的向往和期待？

作为大人，如果我们都过得不好，委屈自己、欺骗自己，不尊重自己的内心感受，不选择自己想要过的生活，那我们又如何做个榜样，教会我们的孩子学会尊重自己内心的感受，选择自己想要过的生活，并且对自己的决定负起百分百的责任呢？

作为大人，我们有这样的责任和义务活出自己，为自己开路，也为孩子引路。

所以，我希望以后可以听到更多的孩子开心地告诉我："我喜欢做小孩，也喜欢做大人。"

为了听到这个答案，每位大人，我们要一起努力呀！

# 就因为没时间，所以才能办得到

一位朋友最近决定要辞职，我很好奇她的决定，就问她为什么。她说，是因为工作太忙碌了，连阅读都变得断断续续，想要调整工作和状态，留出时间，去做自己喜欢做的事情。

“因为没时间，所以没办法去做自己喜欢的事情。”这句话太过熟悉，熟悉到让很多人不假思索地将其当作一个理所当然的理由，作为自己不能做所想所喜欢之事的防护盾。不信你问问身边的朋友，或者自己，为什么不去做自己想做的事情？看看第一时间给出的答案是不是这几个字：没时间。

在这一点上，我跟很多人拥有截然相反的观念，那就是——因为没有时间，所以才什么都可以办得到！

发现这一点，我要感谢我生完孩子成为新手妈妈的那段经历。

生孩子会成为很多人人生的分水岭。因为没有孩子之前，大多数人不需要为照顾和陪伴孩子花掉自己的时间，那些空出来的休闲时光让人感觉自由自在。相反，当孩子出生之后，特别是刚出生的那几年，这个新生命会占据我们大部分时间，让原本自由自在的休闲时光所剩无几。

我在所剩无几的休闲时光中不断滋生出要做自己喜欢的事情的强烈愿望。这个愿望的强烈程度远远超过我成为妈妈之前的所有阶段。这个现象很有趣：在一个人时间充裕的时候，他会认为未来有大把的时光可以让自己去做那些想做的事情，即使今天没做，明天也可以做，即便明天不做，那后天或者大后天总也可以去做。于是那些想做之事的冲劲和动力就在“明日复明日，明日何其多”的重复中离我们越来越遥远，直到消失不见。想到这件事时，我们内心也不再起任何波澜。相反，没有时间的状况虽然会引发人的焦虑和压力，但是它也会激发一个人强烈的冲劲和动力。人有一种反抗的天性，“越不能做就越想做”，甚至在没时间的情况下会彻底点燃一个人“非做不可”的成事心力。有了这股劲，一个人就会想方设法寻找新方法新出路，竭尽全力地要把所想之事做成。这就是没时间的巨大优势。

我在没时间的状态下，做出了很多人在有时间的状态下都无法完成的事情。在我分享我生二胎的消息之后，有位朋友留言道："我的天！你是怎么忙到飞起还能抽空生娃的？！"

原因是因为没时间，所以才都可以做得到。

## 没时间，有没时间的方法

就如同，有钱有有钱的活法，没钱有没钱的活法。有时间有有时间的解决方法，没时间也有没时间的解决方法。很多人没有意识到，前提条件不一样，应对的方法也要随之发生改变。

## 时间花在做最重要的那件事

没时间的困境常常会倒逼着一个人思考，如何在有限的时间里做取舍。这也是没时间的一大好处，把人推到困境前，不得不思考和寻找答案。

手忙脚乱的时候，为了让自己有喘气的时间，我开始不断地问自己的一个问题：在工作、生活、夫妻关系、亲子关系中，最重要的那件事是什么？是不是做好这一件最重要的事，就可以胜过做无数件事。找到最重要的那件事，然后把时间尽可能地花在这件事上面，不断在这件事上做出更多的成果，以此为杠杆，以一敌百。

大家都可以在准备做事之前，问问这个好问题。因为好问题会带来好答案，好答案会让我们事半功倍。

很多年前，我每天都处于超负荷工作运转的状态，忙到没有时间停下来思考这个问题。有次我的领导找到我，问我最近的工作怎么样。那时我的工作经常需要在外面跑来跑去，非常辛苦。我就跟领导说："这段时间工作是挺辛苦的，但是还能熬得住。"我心里美滋滋地想，虽然辛苦，但是也被领导看见了，花了这么多时间，那也是值得的。可是领导接下来说的话让我沉思："可是最近你负责的这些节目收视率都不怎么好呀。"

说实话，当时听到这番话时，我感觉到一种莫大的委屈，这种委屈来自"明明自己付出了那么多，你怎么都看不到，还责备我"的惯性思维，当时我完全可以顺着这种惯性思维心生抱怨，但是那一刻过往所看过的书，让我给大脑按下了一个暂停键，阻隔了抱怨和委屈，保有一份理性去思考：如何不再让自己花费了这么多时间做事情之后还吃力不讨好。在层层反问之中，我清晰地看到，在我的这份工作中，最重要的事情就是制作收视率高的节目。做好这一件事，就胜过做其他的一百件事，可以节省出大量时间。从那以后，我就集中精力做好这一件事情，有了这个标准之后，很多事情该不该做，该花多少时间去做，一目了然。

同理可证，在亲密关系和亲子关系中，最重要的那件事是什么？多年经验告诉我，那就是集中力量发展自己，并且支持和欣赏对方。只要做好这两件事，就胜过在亲密和亲子关系中做一百件事。相反，很多人做了一百件事，都没有做到最重要的这件事，不但自己辛苦心累不说，还得不到家人的支持和认可，很多时候被一种“明明付出了这么多，为什么却得不到回应”的委屈感笼罩，落得一个吃力不讨好的结果。

## 从一个人到一群人

生活工作中，我们大多数人都太容易习惯于靠自己一个人的力量来解决所有问题，从而获取一种“我的能力很强”的个人英雄主义情愫。这种惯性思维方式容易让人陷入没时间的困境。但是当一个人在没时间的困境中，学会承认自己的能力有限，开始向外寻求帮助，一条更广阔的路就朝他缓缓展开。

几年前，我刚开始创办属于自己的读书会社群，那时从招生到文案以及客服和分享等所有事情，统统都出自我一人之手。一次，我在跟我的一位良师益友聊起这些自己所做之事，聊完之后我内心有种“看我很厉害吧！”的小傲娇，傲娇的小尾巴还没翘起来，这位朋友的一番话立马让我人间清醒：**“一个人就能做完一件事情，或许只是这件事足够小，而不是自己能力足够大。”**

当我们为自己能够凭一己之力解决所有问题而扬扬自得的时候，其实从另一个角度说明我们所做之事还不够大。而当我们的一己之力没法一一处理那么多问题，而出现时间不够的状况时，从另一个角度来说，我们正在“做大事”呀！一个好汉三个帮，做大事之人，身边必须要有同盟和合伙人，从一个人的力量到团结一切可以团结的力量，通过合作构建成共同体系统，大家一块共同努力，从而释放出更大的能量。

**任何一个困境，都是来帮助自己升级认知的。没时间的困境，其实就是要告诉我们，是时候团结一切力量，“从一个人到一群人”，打造个人时间系统，而不仅仅是想方设法从自己身上压榨存量时间。**

好多次我分享自己除去上班之外，每天必做的三件功课：阅读、写作和运动，经常会有妈妈留言问我：“你不用带孩子吗？”我的回答是：“我会。”只是相比于大多数妈妈而言，我带孩子的时间真的还挺少的。为什么？因为我有帮手呀，家里的婆婆、老公都会带孩子。很多妈妈就得出这样的结论：难怪了，她有这么多人帮忙带孩子，我没人帮忙带！然后大家就继续边工作边带孩子。很多人羡慕我，但是从来没有一个人继续问我："你的老公为什么愿意带孩子？"这个才是最应该问的问题。因为这涉及一个女人如何在家庭中团结一切可以团结的力量，建立合伙同盟的统一育儿战线，把自己从有限的时间里解放出来。

**"你的老公为什么愿意带孩子？"这个问题的实质是，如何让你的合作者愿意与你一块合作，完成共同的目标，成为彼此的梦想合伙人。**

很多妈妈抱怨自己的老公不愿意带孩子，导致自己一个人白天上班，晚上下班之后还要照顾全家上下。有次一位妈妈在群里抱怨老公带孩子不给力，还不如自己带的时候，我让她说说她的老公是如何带孩子的。这位妈妈告诉我，她老公带着孩子在家里打游戏，这可把她气坏了。当着孩子的面把老公狠狠地批评了一顿。老公当下生气地说："那你以后自己带孩子吧。"

当时我开玩笑地跟这位妈妈说："你这是跟自己的合作者闹掰了呀。"既然是合作，那最重要的就不是争对错，而是善于运用彼此的差异性，创造出更大的价值，而不是因为彼此的差异，堵死了合作的可能性。比如老公喜欢带孩子在家里打游戏，这种亲子陪伴方式正好弥补了妈妈带孩子时不曾体验过的刺激和极速反应，如果妈妈看到这一点，在孩子面前大大肯定老公的做法，还会让老公产生满满的成就感，愿意花更多的时间来带孩子。对这位妈妈而言，在育儿战线上，就多了一位梦想合伙人。

## 找到你的私人顾问团

在大事之上，要团结更多的梦想合伙人，共同追逐梦想之事。工作生活中的一些事情，可以考虑花钱找专业人员，一方面可以享受专业服务，另一方面可以大大节省自己的时间。

大家都知道，女生都喜欢买衣服。虽然说现在大家都不用出门逛街，只要在家网购就可以买衣服了，但是网购也超级花费时间。点来点去，很有可能我们挑花了眼睛，到最后什么都选不中。甚至选中买回来之后，一上身还觉得不合适，于是又要退货换货，就会浪费很多的时间，有时买不到合适的衣服甚至还会影响到自己的心情。心力和时间都是一笔看不见的花销。

一个偶然的机会，我认识了一位形象设计师，并跟她成了好朋友。于是我就把自己每个季度所需要的服装和出席各种场合要穿的服装需求，统统交给她。她用自身多年专业的审美眼光帮我挑选出适合我的服装，丝毫不会出错，只会让我更出彩，帮我节省了大量的时间和心力。

除了在生活中运用这些借力省时的方法之外，我们还可以在成长上运用这个方法。我这几年付费找了一位老师作为自己的个人成长私人顾问，每年我们都会进行详细的沟通。每当遇到问题、设定自己的愿景、执行具体的步骤时，我都会跟自己的成长私人顾问沟通咨询。这样最大的一个好处就是获得高人指路，节省成长路上试错的时间，让自己的成长可以更迅速，少走几年的弯路。

如果无法拥有自己的成长私人顾问，那保持持续的阅读，也可以让你站在巨人的肩膀上看世界。这个世界上的那些顶尖的思想家、企业家、创业者，在无数次采访中都会提及自己几十年如一日的阅读习惯。很多人都好奇，这些人哪来那么多的时间来看书阅读？毕竟在大多数人看来，因为没时间，所以才没法阅读。但是在坚持阅读的人眼中，因果是相反的，是因为没阅读，所以才没时间。书中都是前人总结的智慧和经验，如果你愿意花时间去看，去践行，就大大减少试错的时间，走在正确的道路上，可以节省大把的时间。

这就是为什么那些看起来越忙越没时间的人，实际上越有时间做各种自己想做的事情。

换个方法，越没时间，就越能完成更多的事情呀!

# 坚定地做自己，温柔地爱孩子

什么样的妈妈，才是一位好妈妈？

这个问题，我问过很多妈妈，得到过很多不一样的答案，但是没有找到最令我满意的。直到有一天，我在《人生只有一件事》这本书中，读到作者金惟纯写的一句话：**“若是孩子喜欢和你在一起，想要变成你的样子，就是做父母最大的成功了。”**

在那个当下，这句话击中了我的内心，因为它完美地回答了“什么样的妈妈，才是一位好妈妈？”这个问题。

相比于大多数绞尽脑汁地学当一位好妈妈的妈妈，作为二胎妈妈的我一直觉得，这个世界上，妈妈能够送给孩子最好的礼物就是坚定地做自己，成为孩子喜欢和值得学习的榜样。

## 坚定地做自己

我有过两次做妈妈的经历，但是两次经历带给我的感受截然不同。一胎时，我经历过大多数妈妈所面临的困境：没时间、没精力、没金钱、没自我。那个时候我觉得当妈真是一件辛苦的事情，心里装满了抱怨和痛苦，甚至为此患上了产后抑郁症。时隔八年，我再次成为一个小生命的妈妈时，这种困境完全不复存在，每天都沉浸在快乐和幸福之中。一些朋友发现生二胎后我的状态与之前相比更好了！她们觉得不可思议，于是问我到底做了什么。我告诉她们，是因为这几年来我一直在坚定地做自己。

其实，我跟大多数妈妈一样，每一天都在很努力生活：每天一睁眼就会面临新的问题、解决与不同人、事之间的事情；每天都要面对柴米油盐和一地鸡毛，因为这是生活的真相。而“世界上有一种真正的英雄主义，就是在认清生活的真相后依然热爱生活”。对我而言，妈妈这个角色让我无限接近英雄主义，它让我即使看清生活的真相，也能继续在真相面前保持更美好的追求。

成为妈妈之后，为了给劳累和疲惫的自己找到一个情绪的宣泄口，我开始逐渐每周都抽出一点时间“任性”地做自己。一开始是我每周花一个小时去做喜欢的事情：有时是去看一场让自己怦然心动的电影，有时是精心打扮去参观艺术展。后来变成我每天至少花一个小时去做自己想做的事情：比如运动、健身、阅读、写作。再到后来，一小时变成两小时，两小时变成三小时，直到当我第二次成为妈妈之后，我发现每时每刻我都活在自己的热爱之中。

如果妈妈坚定地做自己，这意味着什么？意味着她们清楚自我存在的意义；意味着她们会努力尝试各种自我热爱和擅长的事情；意味着她们会对自己的生活抱有很高的满意度。这样的妈妈有一些共同特点：她们看起来有一种发自内心的快乐，非常享受自己做的事情；对自己所做之事全力以赴又充满信心，闪闪发光。这样的妈妈往往会被评价为“战斗力十足”！我想你的身边一定也有这样的妈妈。你可能非常好奇，同样是妈妈，为什么她们永远都是精力旺盛、战斗力十足的模样？

有人说，是因为她们天生就精力旺盛。这可能只是事实的一部分，而事实的另一部分是她们所做的这些事情，并非超负荷的消耗，而是高质量的休息。比如说，我的日常行程除了照顾孩子之外，还包括节目策划、拍摄以及制作；自己品牌社群的经营、运营、研发新产品，跨界学习，每周至少阅读三本书籍，写书，直播分享，逛展欣赏艺术，等等。密密麻麻的行程充满了我这几年的每一天。因此当一些朋友知道我生二胎的消息之后，她们的第一反应不是恭喜，而是“天啦！你这么忙，居然还有精力生孩子！”她们觉得我如此忙碌应该很累，没想到我精力如此旺盛，实在不解。这其中的秘诀就是：做一次热爱的事情，就获得一次高质量的休息。

逛展看展，看书写字，运动健身，是我制作节目外的一种休息；回家陪伴孩子成长，是我经营自己的品牌和产品外的一种休息；每天跨界学习，又是我琐碎的家庭生活外的一种休息。每一天，我都在不停地转换角色、切换场景，其实是给自己更大的空间，更好地照顾自己。

我们坚定做自己，用不同的生活方式、不同的角色去抵消柴米油盐所带来的一身疲惫，这不仅会让自己熠熠发光，还会给予孩子榜样的力量。这些年来，通过自身的努力，我获得的奖杯奖牌满满当当摆放了一整排。有一天，刚上小学的儿子指着那些奖牌说：“我也要成为妈妈那样的人，要拿好多好多的奖。”那一刻，我知道，坚定地做自己，是我能送给孩子最好的礼物。

## 温柔地爱孩子

牺牲感，是亲子关系中的大忌。

我想你一定听过这个故事：一位妈妈吃了一辈子的鱼头，临终前她告诉孩子：“我从来就不喜欢吃鱼头，其实我一辈子都想吃鱼肉，但是因为我爱你，想让你多吃些鱼肉，所以我吃了一辈子的鱼头。”小时候读到这个故事，我们被告知：“妈妈真的太伟大了，牺牲自己所有的喜好，只为了孩子。以后一定要好好报答妈妈。”但是当我成为妈妈之后，才发现这个故事里面的孩子也挺可怜：妈妈累积了一辈子的牺牲和委屈，最终变成了孩子一辈子无法弥补的内疚和亏欠。

在中国式亲子关系中，我们经常听到妈妈对孩子这样说：“我为你牺牲了这么多，付出了这么多，你不要给我丢脸；我为你奉献所有的这一切，你看我有多爱你。”如果亲子关系中充满了太多的牺牲感，所有的委屈都需要孩子的内疚来做交换，所有的牺牲都需要孩子的报恩作对应，在这样沉重的亲子关系中成长起来的孩子，会有一种“不配得感”，不敢享受自己的快乐人生。

王尔德说：“使孩子品行好的最好方法，就是使他们愉快。”孩子的愉快从哪里来？从他身后有个愉快的妈妈而来。坚定做自己的妈妈，她的一辈子会过得很愉快。在孩子吃鱼肉的时候，她完全不会觉得这是牺牲了自己的快乐，换来孩子的快乐。在照顾孩子成长的过程中，她也不会有委屈感，不会觉得这是牺牲了自己的未来，换来了孩子的未来。她感受到的一切，不是牺牲，而是陪伴；不是委屈，而是分享。

北京冬奥会上，18岁的天才少女谷爱凌征战冬奥。这位天才少女以1580分考入斯坦福，集天赋、智慧、颜值一身。最珍贵的是，谷爱凌身上呈现出一种健康积极的状态，对整个比赛过程都非常享受，没有让别人感觉她是吃了很多苦才走到今天的。这一切，跟她的妈妈密不可分。谷爱凌多次向妈妈表白："我很感谢我的妈妈，她让我兼顾滑雪和学习生活。""我的妈妈是最好的，比所有的妈妈都好。"

我很好奇什么样的妈妈教育出了一个如此优秀的孩子。在看谷爱凌的纪录片时，我留意到她妈妈说的几段话。她妈妈说：

"我喜欢滑雪，我觉得是我找了一个陪玩的。"

"教育不是投资，是为了让孩子成为她自己。"

"你长大不用感谢我，你不欠我的，我谢谢你才对。父母子女之间，不是给予与索取，而是相互拥抱和成就。"

言语之中轻松愉快，毫无中国式家长的牺牲感，让人感受到话语背后，她稳定又强大的自我内核。后来一查她的资料，我被她精彩的履历所震撼：北京大学硕士、斯坦福大学硕士、华尔街精英，曾在雷曼兄弟公司任职，打拼事业拼到40岁才生下谷爱凌。这些耀眼的头衔，意味着她将自我价值发挥得淋漓尽致！

**妈妈坚定做自己，就会得到命运弥足珍贵的馈赠：发自内心的快乐，享受自己所做的事情，对自己和生活感到满意、精力十足。**因此，她们在照顾孩子的时候，带着鲜活饱满的爱滋养孩子，没有一丝一毫的牺牲感！让孩子发自内心地感受到：我作为一个生命，来到这个世界上，是一件特别美好的事情！

坚定地做自己，温柔地爱孩子，我想这是我们送给自己和孩子，美好的礼物！

# 让生命中的每一天，都比前一天更好

这本书，终于写到了后记。

我发现，写一本书的过程，其实就是经历了一段完整的人生。

我们每个人的一生，都会有快乐、痛苦、挫折、艰难、自我怀疑，甚至是坚持不下去的时刻。这些时刻，在写这本书的过程中，我统统都经历了一遍。如同人生，酸甜苦辣，全都尝过一遍。

写完这本书的时候，我正好生完二胎休完产假，重返职场上班。大家看我全程开心地笑不停，感叹道：

“你是我见过的生完二胎之后还能笑得这么开心和轻松的妈妈。”

“很少有人生完二胎之后，状态这么好。”

“很久没有看到有人这么开心地笑了。”

“为什么你的精气神这么足？为什么你永远都是这么笑哈哈？”

甚至还有同事开玩笑地说道：“你是不是吃开心果长大的？”

对于大家提的这些问题，我真的有认真思考问题的答案是什么。在仔细思考一番之后，我给出的答案是——

“人逢喜事精神爽！”

什么是“喜事”？

在我看来，把每一天遇到的快乐、痛苦、挫折、艰难，都转化成滋养生命的养分，“让生命的每一天，都比前一天更好”，就是喜事！

而学会这一点，是写作这件事教给我的。

## 写作，教会我快乐的意义

这份快乐来自当你在做你喜欢的事情时，专注和心流会如同带你进入无人之境，心无旁骛、自信满满地跟随当下火花四射的灵感，写下如有神助的文字。你每经历一次这样的快乐，其实是对自我按下了一个确认键——确认未来的自己想成为一个什么样的人。写作这件事教会我，去做那些让你感到快乐的事，因为那是成为你自己的确认键。

## 写作，教会我遭遇否定时该怎么办

在完成这本书的过程中，我也经历过被否定的时刻。书稿在一审、二审时，非常顺利，我的图书经纪人娜姐对整本书的评价很好，这让我对自己的书充满了信心。但是就在书稿即将全部优化完成的时候，意外突然发生——娜姐再次深入做完最新的市场同类书籍的调研之后，用她多年的高标准和高要求，重新梳理了新书的框架。她告诉我，在这个新框架上，她去掉了一些不太合适的内容，再加了14篇需要新加的内容。当时我一看，去掉了好些我很喜欢的文章。那个当下，我一下变得非常沮丧，眼泪都差点流了下来，人也变得没有精气神，感觉整个心气劲都被抽走了，因为感觉整个人都被否定了。当时我来不及仔细思考，带着强烈的情绪就去反问娜姐为什么。娜姐非常耐心地跟我解释了原因：作为图书出版策划人，她需要站在一个整体的层面来把控内容，除了把关内容之外，还要考量市场需求、受众覆盖、营销策划、内容看点等。娜姐发来长长的语音信息，我反复听了好几遍，这才慢慢接受了现实。可是另一个问题接着来了，那就是要新写14篇书稿。这些要写的新书稿，如同一座大山，压得我透不过气来。因为那时我刚生完二胎，根本没有太多个人时间，有的只是碎片化的时间。更重要的是，我感觉自己已经把想写的、能写的都写完了，面对要新写的14篇书稿，我有种脑袋空空如也、江郎才尽的感觉，不知道写什么，也不知道怎么写。我躺在床上，望着天花板，心想：要不放弃吧，要不不写了吧，爱咋咋地吧！

娜姐估计感受到我的沮丧情绪，跟我分享了她的经验——一个人要继续往前走，就要不断打开自己，多看多学，吸收别人的优点，学会一切为自己所用！

“学会一切为自己所用！”这句话在我最沮丧、最迷茫的时候，给了我继续向前走的力量。当一个人把一切好的、不好的都能为自己所用的时候，那什么都难不倒他了。既然我没时间，没灵感，那我就一边给娃喂奶或者哄娃睡觉，一边看书，虚心向别人学习，吸取更多的灵感。

当我带着谦虚、学习的态度多看多学时，我的创作灵感源源不断，下笔如有神，原本我以为不擅长的文字内容，在借鉴了娜姐的修改建议之后，全部顺利完成了！看着完成的新稿，我看到了一个陌生的自己，对，没错，陌生的经验带来了全然陌生而崭新的自己！更重要的是，我发现了学霸的秘密——一个人愿意吸收别人的优点和风格时，学会一切为自己所用时，就冲破了自我局限，享受到突破的喜悦！

艺术界的学霸毕加索，正是用这个方法，不断吸纳各种元素和风格，让自己身上既有西欧的东西，又有北非的东西；既有学院的东西，又有民间的东西；既有上阶层的东西，又有下阶层的东西，最后他变成了学霸，创作期长达80年！

把外在的否定拿来为自己所用，这意味着我们需要突破甚至背叛自己的经验，才进入另外一种全新的经验。我们拥有自己擅长和熟悉的经验之后并不留恋这个经验，而要继续大阔步地往下创造陌生的新经验。

如果说，

快乐，是帮你扎根，成为你自己！

那么，

否定，是帮你向外，拓展你自己！

## 写作，教会我“众人的力量”

这本书能够出现在你们面前，绝非我一个人之力。在这背后，有很多你们看不见的力量多年来在背后支持和鼓励我，才得以让这本书在因缘和合之下，最终顺利出版，呈现在你们面前。

感谢我的父母给予了我第一次生命，让我有机会来到这人世间见识和体验生命的各种活法。感谢我的父亲在我学生时代对我绝对的信任和支持，让我在20岁左右就跟随自己的心意，做了年轻时人生中最关键的两个决定：选择自己喜欢读的大学专业和学校，选择跟自己喜欢的人在一起。

感谢李欣频老师出现在我人生的“至暗时刻”。是她让我知道：谁说人生只能这样活！她如同一团火炬，照亮了我继续前行的道路。她也是我人生中第一个告诉我“你应该出一本书”这句话的人，大大拓展了我的梦想版图。

感谢帅老师这些年在我人生的几次关键时刻给予我指引。因为他的指引，我看见和创造了自己的更多可能性，是他告诉我“坚持输出，日子久了，你就会变得跟别人不一样，为以后写书并成为一位作家而做准备”。人生关键时期，有幸得到良师益友正确的指引，是件幸事。

感谢我的图书经纪人娜姐。是她向我发出了出书的邀请，是她陪伴着我写完了这本书，见证了我的成长。用她的话来说就是，她花在我这本书上的时间，足以让她出完两三本书了！是她告诉我，写作时要有一颗快乐的心；也是她告诉我，写作时要有一颗敬畏的心。是她，让这本书最终顺利出版。感恩感谢！

感谢我的好友老董，她的一言一行润物细无声地给我上了人生中非常宝贵的一课，她用她的个人魅力，大大重塑和拓展了我的人生观，这些人生观变成了这本书中的一些文字和故事。

感谢我先生春江，如果这些年没有他在背后无条件地支持我做自己和做自己喜欢的事情，我们可能无法通过这本书相遇。因为当我满世界去旅行、学习、演讲、参加活动、看展的时候，是他在家里照顾和陪伴我们的孩子。作为老公，他完全可以打100分。但是作为妻子，我自认为是有很多缺点的。有次聊天时，春江告诉我，虽然我身上有缺点，但是这么多年来，我一直能够坚持这些缺点不改，而且尽管别人怎么说都依然不改，他就很佩服这样的我！因为知道自己有缺点就是不改，在他看来，这就是艺术家的腔调！婚姻中，有能够欣赏你优点的伴侣，本是幸运的事情。如果还能遇到能够理解和守护你的缺点的伴侣，就是人生一大幸事了！

感谢我的婆婆，在我生完二胎，赶稿子不能带宝宝的时候，是她放弃了每天和姐妹们跳广场舞的时间，替我带宝宝，为我分担。是她用无私的爱为我挤出了更多的时间，用心来创作。

正如爱因斯坦所说：“我每天会提醒自己一百次，我的内在和外在生活都是仰赖他人——无论活着或已去世——努力的成果。所以我必须竭尽全力，希望能以同等的贡献回报我从过去到现在自他人身上所获得的一切。”感恩我过去所阅读的所有好书，以及写下这些好书的作者和出版这些好书的出版社，感恩你们的付出，让我可以借助人类自古以来的智慧结晶，重塑自我。是这些好书，给了我第二次生命。我也希望通过自己的书写，将阅读的力量传承下去，以此作为回报。

最后要感谢的是UP读书会的学员们。感谢你们这些年的陪伴和支持。我经常说，你们每个人给予我的成长反馈，都是给我的滋养，让我有了更大的底气去面对更大的挑战，完成更大的蜕变。这些年我们如同家人一般相互陪伴、相互滋养。你们说过，希望未来等到我们都白发苍苍，成为老爷爷老奶奶的时候，我们带着UP二代、三代们依旧要在一起，一块成长、一块读书，一块让生命中的每一天都比前一天更好！

我想，当一个人能够学会把一切都为自己所用，就可以把生命中的每一天都过得比前一天更好。因为所遇见的每一